刘 墉 给 孩 子 的 成 长 书

FAXIAN NI DE TIANCAI DIAN

发现你的天才点

刘 墉/著

接力出版社
Publishing House

桂图登字：20-2014-074
原出版者：台湾水云斋文化事业有限公司

图书在版编目（CIP）数据

发现你的天才点 /（美）刘墉著. —南宁：接力出版社，2014.6
（刘墉给孩子的成长书）
ISBN 978-7-5448-3408-7

Ⅰ.①发… Ⅱ.①刘… Ⅲ.①散文集-美国-现代 Ⅳ.①I712.65

中国版本图书馆CIP数据核字（2014）第078495号

责任编辑：袁怡黄　　美术编辑：林奕薇
责任校对：贾宏宾　　责任监印：刘　冬　　版权联络：金贤玲
社长：黄　俭　　总编辑：白　冰
出版发行：接力出版社　　社址：广西南宁市园湖南路9号　　邮编：530022
电话：010-65546561（发行部）　传真：010-65545210（发行部）
http: //www.jielibj.com　　E-mail: jieli@jielibook.com
经销：新华书店　　印制：唐山嘉德印刷有限公司
开本：880毫米×1250毫米　1/32　　印张：4.75　　字数：90千字
版次：2014年6月第1版　　印次：2021年3月第11次印刷
印数：75 001—83 000册　　定价：19.80元

目　录

自序 ······················ 1

第一篇　头脑的仓库

我们靠自己 ······················ 3

玉兰花 ······················ 5

毛虫的愿望 ······················ 7

学习的方法 ······················ 9

积极地读书 ······················ 11

以痛止痛 ······················ 12

天赋的才能 ······················ 14

慎独与自见 ······················ 15

锐利 ······················ 17

尽信师　不如无师 ······················ 18

火把 ······················ 20

头脑的仓库 …………………… 22

蝶的自述 …………………… 24

接受批评 …………………… 25

佳肴 …………………… 26

诚实 …………………… 27

小钱 …………………… 28

第二篇　写给儿子：迎向战斗

不是玩票 …………………… 33

忧患意识 …………………… 37

体能与技巧 …………………… 41

迎向战斗 …………………… 45

做个世界人 …………………… 50

第三篇　写给女儿：坚持做你自己

坚持做你自己 …………………… 57

小心！这里有个台阶 …………………… 62

谁是真天才 …………………… 66

失重的感觉 …………………… 70

嗨！你好吗？…………………… 74

第四篇　尊重别人就是尊重自己

你为什么不早说？ ………………… 81

向左转向右转 ………………… 85

如何找到合作者？………………… 89

猎人的故事 ………………… 92

小鬼难缠 ………………… 98

再看他一次！ ………………… 102

小姜比老姜还辣 ………………… 106

道不同不相为谋 ………………… 109

看谁耐得住 ………………… 112

受气包的报复 ………………… 116

尊重别人就是尊重自己 ………………… 121

最真实的友爱 ………………… 126

刘墉给孩子的成长寄语………………… 131

自 序

突然发现距离我一九七三年出版处女作《萤窗小语》已经四十年了！

这么长的岁月，是什么力量驱使我不断写作?

我想应该是爱。

早年因为儿子离家去曼哈顿的史蒂文森高中，不放心，我开始写《超越自己》《创造自己》《肯定自己》；因为女儿渐渐长大，关心她的学习，我写了《做个快乐读书人》《少爷小姐要争气》；因为儿子进入社会，怕他不懂得处世之道，我开始写“我不是教你诈”系列。最近又由于女儿大学毕业，独自一人去欧亚旅行，怕她路上吃亏，我写了《人生百忌》。说来好笑，我甚至会因为两只飞来的野雁，而写出《啊啊》;因为抓到一只螳螂，养它，观察它，爱它，而写出《杀手正传》。

细想，那真正驱使我写作的，可不都是关怀、挂念与疼爱吗？我总因为儿女的触动产生灵感，又因为写出许多人的心声而引起他们的共鸣，再因为读者的期望而不敢懈怠。正因此，最近许多朋友问我，现在我有了孙子孙女，是不是又要为他们写几本书？

这可真问对了！或许有些读者在我的微博已经发现，我早在写一本教孩子认字的书。还有一样，则是新编的这一系列励志散文。

现在的孩子太不简单了！以前认为高中生才能懂的东西，不知是否因为网络时代智慧开得早，如今的小学生已经可以接受。最近还有位小学老师，要全班学生读我的书，再写信给我，居然个个说得头头是道，令人惊讶。正因此，我决定把过去为青少年写的各类文章，加以筛选，成为一系列适合小朋友阅读的东西，让大家的孩子，也让我的孙子孙女，能早早读到我的作品。

谢谢接力出版社，提供给我不少选文的建议，告诉我今天家长和孩子的需求，也谢谢许多热心父母的支持：“我们要对孩子说的，就拜托你帮忙说了吧！”

希望这套书能对小读者们有些帮助，也盼这套书能像阶梯引导，为我招来新一代的“小粉丝”。

第一篇　头脑的仓库

人的头脑就像仓库，可以堆藏各种知识和记忆。会用脑的人，能把知识分门别类整理得有系统、有条理，分析得很清晰，而且懂得温故知新、不断充实，使观念永不落伍。

我们靠自己

我们不靠天，也不靠地，我们靠自己。

“妈妈！为什么我们从生下来，就要背这个又重又硬的壳呢？真是累死了！”小蜗牛有一天问妈妈。

“因为我们的身体没有骨骼的支撑，只能爬，爬又爬不快。”妈妈说。

“毛虫姐姐没有骨头，也爬不快，为什么她却不用背又重又硬的壳呢？”

“因为毛虫姐姐能变成蝴蝶，天空会保护她。”

“蚯蚓弟弟没有骨头，也爬不快，更不会变，他为什么不背又重又硬的壳呢？”

“因为蚯蚓弟弟会钻土，大地会保护他。”

小蜗牛哭了起来，“我们都好可怜，天空也不保护我们，大地也不保护我们。”

“所以我们有壳啊！”蜗牛妈妈拍拍小蜗牛，“我们不靠天，也不靠地，我们靠自己。”

玉兰花

让我们家中的炉火，温暖每颗寒冷的心；

让我们阶前的灯，照亮每个夜归人的路。

在我星期四的绘画班中，有个学生每次上课总要带许多玉兰花分给同学，所以一到星期四就变得馨香满室。我曾经好奇地问她："你哪儿来这么多玉兰花啊？"

"我从家里树上摘的。"

"每次去摘不是很麻烦吗？"我问。

"麻烦也值得。"她笑着说，"这是祖母教我们做的。每年到这个季节，我家的树上就开满了玉兰花，朋友来访，总是一进门就赞不绝口，说是浓郁极了，可是我们整天接近，反倒久而不觉其香。有一天祖母突然对大家宣布：'以后每个人出去，只要树上开有玉兰，就摘一些送朋友。'当时大家都反对：'为什么不自己留着？’可是祖母说：‘花总要谢的，自己有得太多，反不觉得芬芳，何不拿去送给没有花的人，让我们庭院的馨香散发在每个朋友的身旁呢？’从此全家人就都这样做，它使我们结交了很多朋友，树上的花似乎也开得比以前更盛了！”

◎

学生的这番话，真是令我感慨不已：有些东西我们拥有得过多，反而感觉不到它的美好，何不将它分给那些需要的人呢？

让我们小小庭院的芬芳，散发在每个人的身边；让我们狭窄的快乐，扩展到社会的每个角落；让我们家中的炉火，温暖每颗寒冷的心；让我们阶前的灯，照亮每个夜归人的路；让我们从别人的笑脸上，看到自己的笑吧！

毛虫的愿望

不论美丽与丑陋、轻盈与迟缓，只要由上帝创造，一定都是完美的！

有一只毛虫，觉得自己既长得丑陋，又行动不灵活，终日闷闷不乐。

有一天憋不住了，终于去对上帝抱怨：

“上帝呀！您创造万物固然非常神妙，但是我觉得您安排我的一生，却不高明。您把我的一生分成两个阶段，不是既丑陋又迟笨，就是既美丽又轻盈，使我在前一个阶段受尽人们的辱骂，后一个阶段又获得诗人的歌颂。坏就坏到家，好又好得过火，这未免太不合理了。您何不平均一下，让我现在虽然丑一点，却能行动得轻巧一些；以后当蝴蝶时，外貌长得漂亮，但行动迟缓一点。这样我做毛虫和蝴蝶的两个阶段，不就都能过得很愉快了吗？”

“你大概以为自己的构想不错。”上帝说，“但是你有没有想到，如果那样做，你根本活不了多久。”

“为什么呢？”毛虫摇着大脑袋问。

“因为如果你有蝴蝶的美貌，却只有毛虫的速度，一下子就会被捉走了。”上帝说，“你要知道，正因为你的行动迟缓，我才赐给你丑陋的外貌，使大家都不敢碰你；他们的不理不睬，对你只有好处没有坏处啊。现在你还希望我采纳你的构想吗？”

“不！不！不！请维持您原来的安排吧！”毛虫慌张地说，“现在我才知道，不论美丽与丑陋、轻盈与迟缓，只要由您创造，一定都是完美的！”

学习的方法

任何地方、任何时间，都可以学习。

有四个不同职业的人，包括画家、音乐家、语言学家和医生，在聊天时分别讲述自己的趣事——

“一般人的裤子，最容易破的应该是臀部，可是我因为经常在思考绘画用笔时以指甲划膝，所以总是膝盖先破，不知内情的人，还以为我在家常被太太罚跪呢！”画家说。

“你这还没什么关系，大不了人家以为你怕老婆。”音乐家笑道，“可是我就麻烦了，因为我经常一想到乐曲，就摇头晃脑、手舞足蹈，有时坐在桌前，更把桌边当作琴键，指东画西一番，结果许多人以为我是疯子而远远避开，真要命！”

“你们的情况都还好，毕竟不会真正影响到别人，可是我啊……”语言学家有点不太好意思地说，“当我初到国外学语言的时候，经常从商店的招牌上学单词，由于一边走路，一边抬头看招牌，不知有多少次撞到别人，碰到同性还好，有时撞到年轻的异性，面子实在挂不住。”

“我也有跟你颇为类似的情况。”这时医生发言了，“不过不是撞得不好意思，而是看得不好意思。因为我经常盯着人看，注意对方的骨骼，心里默背骨骼的名称；观察对方的肌肉，心里想着它们的功用。有时我在车上盯着同一个人看，一看就是半个钟头。某次有位小姐被我看火了，居然怒气冲冲地走到我的面前，对我吼：‘你看够了没有？’你们说尴尬不尴尬？”

◎

以上虽然只是幽默的小故事，但由他们的对话，我们知道：任何地方、任何时间，都可以学习。

积极地读书

积极地读书，读积极的书；

有系统地读书，读有系统的书。

某日我去拜访一位老教授，请教读书的方法。

“读书的方法很简单！”老教授说，“积极地读书，读积极的书，有系统地读书，读有系统的书。”

看我不太了解，他又说：“所谓积极地读书，是要有主动的读书态度，不能在别人逼的情况下才读书；而读积极的书，则是指书的内容，应该光明向上，而不能消极颓唐。至于最后两句话的意思，则是说你应当先拟定一个读书的计划，按部就班地来，书的内容更应当选择有系统、有组织的，才能收到最佳的读书效果。”

以痛止痛

勇于认错，虽然会令我们一时难堪，甚至受到法律的制裁，却能因此解除终生的痛苦。

每个人都有痛的经验，有一下子就过去的小痛，也有许久不消的大痛。有些痛来自表皮的擦伤，虽然一时非常疼痛，但不久就会消失；有些痛由于筋骨的挫折，虽然影响行动，但经过一段时间，也会痊愈；有些痛因为内部组织的疾病，常需医师细细地诊疗，自己静静地休养，才能恢复健康。但更有一种痛苦，既非来自擦撞挫折，也非源于疾病感染，而是由于我们自身的愧疚、别人的误会、亲朋的离散或种种错失所造成的心灵创痛，除非愧疚获得弥补、误会得以消除、亲朋能够重聚、错失得以挽回，否则将终生无法痊愈。

◎

克服痛苦，往往需要经过另一段痛苦，当表皮擦伤而上碘酒时，当筋骨挫折而矫正打石膏时，当内脏重病而动手术时，我们都得忍受一次可能比原来更为强烈的疼痛才能痊愈。

◎

同样的道理，如果我们心灵的创痛是由于自身错误造成的愧疚，就当勇于认错，虽然那或许会令我们一时难堪，甚至受到法律的制裁，却能因此解除终生的痛苦。

天赋的才能

人似乎天生就是音乐家、舞蹈家和画家，但是，为什么他们成年之后，大部分都不再像儿时那么放情地歌舞和绘画了呢？

才几个月大的婴儿，就已经会聆听音乐，哼出不成调的歌。

才学走路的幼儿，就已经会手舞足蹈，应着节拍起舞。

才知抓笔的孩子，就已经会涂涂抹抹，画些不成形的东西。

人似乎天生就是音乐家、舞蹈家和画家，但是，为什么他们成年之后，大部分都不再像儿时那么放情地歌舞和绘画了呢？

◎

因为他们渐渐学会了害羞，怕自己没有嘹亮的歌喉、曼妙的身段和绘画的细胞。

因为他们愈来愈忙碌，忙得没有时间欣赏音乐，没有余情应节起舞，没有闲暇挥笔作画。

就这样年复一年，他们遗忘天赋的才能，也失去许多的快乐。

慎独与自见

当我们心想“我不觉得自己有什么错”时，很可能已经失之不自见。

在修身处世中，最难做到的，要算是“慎独”与“自见”了。

慎独是须臾不离正道，不愧于屋漏。自见是客观地自我省察，不因私心而蒙蔽。虽然这两者看来只是自我修持反省的功夫，却间接对我们的行为造成很大影响。因为不慎独，就容易恣情于不独；不自见，则总是见别人的不对。于是独处时无碍他人的“意淫”，到了人前就容易生出淫念、造成邪行；独处时发财的妄想，遇到机会，则易化为贪念、造成犯罪。于是因为不自见，而造成固执、狂傲、不自量力，乃至在失意时，只会怨天尤人，不知自我反省。更由于见不到自己的错处，只知派他人的不是，而造成偏激。

◎

所以，当我们认为“我可以不做，但是想想总不犯法吧”时，已经是不能慎独。当我们心想“我不觉得自己有什么错”时，很可能已经失之不自见。

慎独与自见，真是看来事小，影响却大，看来容易，做来却困难万分的啊！

锐利

你一定要检讨自己是否曾经在志得意满时做得过火，在高谈阔论间伤及他人，在万丈豪情中失之马虎。

你用非常锋利的刀片裁过纸吗？如果你这样做过，或许会发现新刀反不如老一点的刀子方便，因为前者的刀口过于锐利，刀锋稍稍偏斜，就会裁歪，反不如旧刀带一点“拉”的力量，裁得直。

◎

你自认年轻、聪明、词锋锐利、反应灵敏、冲劲过人吗？如果是，你一定要检讨自己是否曾经在志得意满时做得过火，在高谈阔论间伤及他人，在万丈豪情中失之马虎。你也应该常常向老一辈学习呀！

尽信师　不如无师

唯有不断检讨自己作品的作者，才能写出后来更多的佳作；唯有不断反省的老师，才能使他的观念不落伍。

古人说："尽信书不如无书。"同样的道理，我们也可以讲："尽信师不如无师。"

因为著书立论的人，在动笔之先总要经过缜密的思考，引用典故章节也常得查证无误，以免书成之后，错误被他人发现而贻笑大方。如此小心作的书，我们尚且不可尽信，何况多半只是口授的老师了。老师们在课堂上背诵的词句难免会有缺漏，一时兴起的论述，也难免不够缜密；即或自成一家之言，且持之有故、言之成理，由于时空的改变，新实验、新资料的出现，也难免动摇。

◎

再进一步，“尽信书不如无书”，不仅是对那些读书人来说，也适用于作者本人。“尽信师不如无师”，不仅是对学生而言，而且适用于老师。因为一个总是坚持己见的人，不可能再有新的创意；一本总不增添新资料的书，难免过时。

唯有不断检讨自己作品的作者，才能写出后来更多的佳作；唯有不断反省的老师，才能使他的观念不落伍。

火把

除非你将火种延续下去，没有一支火把不会熄灭。除非名誉用来造就他人，没有一个人的荣誉能够永久被人传颂。

你曾拿过火把吗？你不会将火把拿在眼前来照亮自己的脸吧？因为那只会炫花你的眼睛，却照不亮眼前的路。

你也不会将火把倒持着照亮你的脚吧？因为倒持的火把会延烧到你的手。

你当然是高高地举着了，只有这样才能照亮更大的范围。

◎

名誉就是火把。

不要将它天天捧在眼前，那只会使你自我陶醉而再难有突破。

不要把它不当一回事而随意抛弃，因为愈是有名的人，出了错，愈易为人们传笑。

你应该把名誉举在顶上，不只为照亮自己的脸，不只为照亮自己的路，更要为大家制造光明。

◎

一支火把能点燃千万支火把，一支火把也能焚烧整片的森林。用你美好的名誉，去造就更多人的美誉，而不要用你的名誉、地位和尊荣，去毁损任何看来微不足道的人。

◎

除非你将火种延续下去，没有一支火把不会熄灭。除非名誉用来造就他人，没有一个人的荣誉能够永久被人传颂。

头脑的仓库

会用脑的人，能把知识分门别类整理得有系统、有条理，分析得很清晰，而且懂得温故知新、不断充实，使观念永不落伍。

管理仓库是一门很大的学问。会管理的人，能把货物分门别类，依其重要性及取用的情况安排，而且随时注意通风及温湿度，以免货物霉烂，更不时将货物拿出来清理，使货物保持好品质。

◎

不会管理的人，只知将货物往仓库里堆，却不懂得分类，导致用的时候找不到，或挡了以后进货的路。

◎

人的头脑就像仓库，可以堆藏各种知识和记忆。会用脑的人，能把知识分门别类整理得有系统、有条理，分析得很清晰，而且懂得温故知新、不断充实，使观念永不落伍。

◎

不会用脑的人，即使天生聪明也没用，因为他胡乱吸收，却不知整理，结果仿佛样样都通，却没一样专精。最糟的是，这些人虽然有很好的头脑，却因为涉猎太杂，造成干扰太多，影响以后的学习。

◎

人人都有个宽大的仓库。小时候仓库很空，要堆什么都容易，所以记忆力特强，也容易被塑造。但是如果从小不注意“仓管”，未来就会碰到大麻烦。这时最好的方法，是把仓库中的货物来个大整理，将霉烂过时的东西抛弃，将有价值的重新分类。这样做，固然用掉不少时间，但唯有如此，才能真正拥有知识的宝库。

蝶的自述

每当我想到过去，我便知道谦虚，我便知道同情那些行动比我迟缓的毛虫。

我是一只五彩斑斓的蝴蝶，人人都说我美丽，但是在我记忆的深处，我曾经是一只行动迟缓的毛虫，受到人们的诅咒。

◎

直到我自己做了一间斗室，苦苦地躲在其中，反省与自修之后，我才能拥有今天。

◎

每当我想到过去，我便知道谦虚，我便知道同情那些行动比我迟缓的毛虫；每当我想到过去啃食叶片的举动，我便觉得羞愧，并以传播花粉来补偿我的过失。

接受批评

虚心地接受，小心地选择，衷心地采纳。

接受批评，真是门大学问。

有的人刚愎固执，受不得半句批评；有的人虚怀若谷，能够察纳雅言；有些人正面千恩万谢地接受，转身就忘得一干二净；有的人正面死不认错，背地却能细细检讨。

◎

以上四者都不能算是懂得接受批评的人，因为第一和第四者没有接受批评的雅量，显得风度不佳；第二者没有审度批评的能力，容易随风倾倒；第三者没有采纳批评的诚意，只是巧言令色。

◎

那么，怎样才是面对批评的态度呢？

虚心地接受，小心地选择，衷心地采纳。

佳肴

当我们赞美鱼翅的时候，别忘了煨出美味的高汤；当我们自以为得意的时候，别忘了围在自己身边的平凡人。

鱼翅、海参都是珍品，但是一定要用高汤煨，才能成为佳肴。因为前者有质无味，后者有味无质。有质无味的要吸收高汤的味，才能成其鲜美；有味乏质的要集中在恰当的质中，才能充分表现。可惜当我们吃这几道菜时，多半只注意到鱼翅和海参，却忽略了供给滋味的高汤。

◎

在这世界上，有些人代表前者，有些人扮演后者；前者显得尊贵，后者表现得平凡，但是只有在平凡人的拥护与衬托之下，才能显出尊贵者的尊荣。所以，当我们赞美鱼翅的时候，别忘了煨出美味的高汤；当我们自以为得意的时候，别忘了围在自己身边的平凡人。

诚实

只有诚诚恳恳地做事，实实在在地研究，不自欺，不欺人，才能成为伟大的科学家。

某日我访问一位美国著名的教育家，请教培育文学人才的第一要务。

“教他诚实。”他回答，“因为诚于中，形于外，心中没有挂碍，没有机巧，思路才能通畅，情感才能流露。”

“至于培养科学人才呢？”我又问。

“还是教他诚实。”他严肃地说，“因为诚实的观念和态度，是从事科学研究的首要条件。只有诚诚恳恳地做事，实实在在地研究，不自欺，不欺人，才能成为伟大的科学家。”

小钱

在这世界上，我们所需要的常不是钱，而是那区区几块钱后面的一点诚意、一些温情和一片真心。

纽约的“国立自然历史博物馆”，是世界上同类博物馆中的翘楚，但是收费奇低，观众可以任意捐献，就算只给一毛钱，也不嫌少。

“这么一点门票的收入，怎么够开销呢？”有一天，我问其中一位主管。

“我们根本不靠门票的收入，这只是做个样子。”

我有些诧异：“做个样子？那又何必呢？”

“如果我们完全不收费，必然会造成许多闲杂分子的拥入，因而破坏了整个博物馆的气氛，所以我们要求象征性的捐献，钱虽然不多，却表示了捐者对博物馆的尊重和诚意。”

在这世界上，我们所需要的常不是钱，而是那区区几块钱后面的一点诚意、一些温情和一片真心。

第二篇 写给儿子：迎向战斗

并不是任何情况都允许你做暂时的逃避与停驻，不论你有多么强，面对紧急状况时，都必须立刻武装，立即回应，主动出击！

最困苦的时候，没有时间去流泪；最危急的情况，没有时间去迟疑。

不是玩票

话剧排演时，一个女演员因为背错台词而笑了起来。从此以后，每演到那一段，就忍不住地笑，愈是叮嘱自己别笑，愈笑。一直到正式演出——她还是莫名其妙地笑了！几乎笑垮一场严肃的戏。

昨天晚上，当我叫你预习即将出场比赛的演讲时，你先是不肯，后来则勉强应付，既没有预习上台的动作，结束时又伸出舌头，使我恼火地拍了桌子，你则吼着："我只是个学生，在练习！"

当你冲出门去，我可以听见你愤怒而沉重的脚步声，更听见重重一击的声音，想必你捶了墙壁一拳。

对于你态度的恶劣，我原本要立刻发作，但是由于你母亲过来劝说："他只是个学生，你不能当他是职业演说家或记者一样训练。"才使我平复火气，决定写这封信给你。

◎

当我在学生时代，有一次参加各大专院校的联合话剧演出，排演时一位女同学因为背错台词而笑了起来。这原属十分平常的事，但奇怪的是，此后每当她演到这一段，就忍不住地笑，惹得其他演员也跟着笑。

导演火大了，命令她不准笑，可她就是忍不住；直到正式演出，她明明叮嘱自己“绝不能笑”，大家也不断警告她不要笑，她居然还是笑了出来。

闭幕后，她独自坐在后台痛哭，没有人知道该怎么安慰她，只因为她一次的不慎重，将这笑带入潜意识，使整场戏都受到了影响。

◎

我至今仍记得临走时导演的吼声：“不要以为你们是学生演员就可以马虎，要知道你们是在演一场真正的戏，大家也是来看一场真正的戏！”

当我刚进入新闻圈时，有一位报社的资深记者对我说：“不要看我今天这么成功，想当年做实习记者时，可受尽了侮辱。有一次送上一篇稿子，主编看了之后，叫我拿回去重写，他伸手做成要将稿子递给我的样子，却故意不等我接到，就松手了，稿子一下子滑到女同事的桌子底下，我趴在地上，从她的脚旁边把稿子捡了回来……”

◎

再说个亲身感触给你听吧！

有一回“中视”招考电视记者，许多人都无法通过播报新闻那一关，原因是他们不适应龙飞凤舞的新闻稿。

我当时抱不平地说：“记者为了赶时间，字多半写得潦草，连资深主播都得花一段时间适应，何况这些初出校门的年轻人，我们何不印几份特别清楚的稿子给他们！”

你知道新闻部经理怎么回答吗？他说：

“我们是用人的地方，不是训练人的地方！他们早该在学校里做好专业训练；进来之后，就是面对千万观众，难道还给他们在每天播新闻前来个预演吗？”

◎

听完以上三个故事，你有什么感想？

敬业的态度，是从小就要养成的。你可以因为能力不足而出错，却不可因为自己是学生而马虎。尤其在今天，学校与社会是没有明显界线的，社会人士为了追求新的资讯，常要回学校进修；学生没有毕业，也就能成为社会的中坚。过去人们会因为你是学生而让你，今天人们对你的要求只怕还更高。

记住那位新闻部经理说的话：“我们是用人的地方，不是训练人的地方！”从现在起训练自己，且训练出可以“被用”的专业才能与专业态度！

刘◇轩◇的◇话

说不出的内心戏

我老爸训练演讲时，真的是六亲不认，一板一眼。前一刻可能还轻松地跟我聊天，下一刻便立刻拉下脸：“开始！”老爸瞬间变成魔鬼教练。我发现自己在父亲面前很难调适这样身份的转换。虽然知道他的训练很专业，但我宁可自己苦练也不好意思在老爸面前“献丑”。更奇怪的是，如果在外人面前练习，我反而不觉得丢脸。这的确是一种复杂且矛盾的心态。

妙的是，我妹妹也一样。今年她以第一名的成绩代表毕业生致辞，居然没在老爸面前演练过。你猜她找谁指导？居然是我！这回，老爸只能隔着太平洋，一边在电话里听着，一边干着急！

忧患意识

同样听见一声枪响，在贝鲁特的人，会立刻扑倒；在纽约哈林区的人会弯下腰去；在夏威夷的人，只怕会东张西望，以为是什么车子爆了胎。

我十三岁那年的寒假，有一天跟朋友去爬阳明山，回家才吃过晚饭，家里就失了火，瞬时火舌冲出屋顶，当救火队赶到时，已经烧成平地，唯有几根焦黑的房柱，立在颓圮的断垣间。

逃出火场的我，眉毛都已经烧掉，呆立在人群中，却发现手上还攥着一样东西，原来是白天从阳明山摘回的小橘子。

二十多年来，那失火的一幕，总在我眼前浮现，仿佛昨天才发生的一般清晰，甚至连那天在阳明山的种种，也历历在目。

我常想，如果没有失火，那一天不过是我人生中的一日，平凡得不可能留下记忆。问题是，为什么晚上发生火灾，却能使我把白天的事情，也铭记不忘？痛苦的打击，难道能把许多已经淡化的东西，再染上一层深重的色彩吗？

◎

从这一点出发，我渐渐有了更深的体会：

我发现参加联考之前几个月准备的东西，即使不再温习，考试时也可能想起来。偏偏在放榜录取之后，没几天就忘了一大半。可见在脑海储存资料，是分为第一、二、三等不同优先的。当我遭遇失火的灾变时，原本列为最不重要资料的日间记忆，立刻被移入第一优先。相对，当考试放榜之后，那原本最重要的资料，又可能被移了出来。

◎

记得当我头一年回台湾时，你的母亲在信中告诉我，每天晚上你必定像我一样检查门窗，夜里楼下有一点异响，你也会立刻注意到，好像听觉突然变得敏锐了。

你的听力真是增强了吗？答案当然不是。而是你增加了关心的程度，你care（在意），你alert（警醒），甚至可以讲，你有了忧患意识！

什么是忧患意识？

忧患意识所涵括的真是太广了！往大处想，可以是民众对国家、社会、时局变迁的担忧；往小处看，可以是学生对考试的担心、居民对窃盗的警戒。总归，凡是认为环境与个人的命运休戚相关而有所警惕，都可以称为有忧患意识。

忧患意识能使涣散的人心振作起来，使淡忘的记忆清晰起来，使迟钝的感觉敏锐起来。当我们细细观察时，可以明显地看出有忧患意识与缺乏忧患意识的差异。譬如同样听见一声枪响，在贝鲁特的人，会立刻扑倒；在纽约哈林区的人会弯下腰去；至于在夏威夷，人们只怕会东张西望，以为是什么车子爆了胎。这种表现的差异，就是因为前者更有忧患意识。

◎

你或许要问，我说这么一大番道理的目的是什么。

我的答案很简单。

我希望随着年龄的增长，你能对许多事情具有忧患意识。你应该开始关心环境污染的问题、国家施政的方针、世界局势的变化。更应该对自己未来的发展有忧患意识，考虑未来求学的方向，乃至人生的目标。也可以说，你要把自己放到这个世界的大环境中，而不再一切等父母师长的安排。

你会发觉，当你有忧患意识之后，许多潜力都能获得发挥，你也能看得更深、更广，且计划得更长远！

刘◇轩◇的◇话

Y2K与温室效应

这篇文章让我想到在进入千禧年之前，媒体突然爆出的Y2K危机。

根据统计，全球的公私机构花了超过三千亿美元处理这个问题。

值得吗？很难说。起码当我们正式进入二十一世纪的那一刻，没有因为电脑故障而天下大乱。后来，有不少专家指出，当时为了处理Y2K的问题，许多企业都做了彻底的备份及系统更新，因而预防了许多不相关的电脑问题发生，那些花费都是值得的。

现在，“温室效应”已经成为全球瞩目的新危机。其实它一点也不新，只是现在成了热门话题。有些科学家甚至认为媒体已经把这个现象炒得过火了，其实不用那么大惊小怪。不管事实如何，如果这个危机意识可以有连带效应，让大家不但更注意节约能源，而且对整个地球的自然生态更加关注，绝对是好事。

体能与技巧

运动的精神，是达到体能的极限，并发挥身体的最大潜能，而非不自量力地硬拼。

如果举重的人压伤了脊柱，赛跑的人拉伤了肌肉，投球的人扭伤了手肘……

你对我抱怨说，虽然练了一个暑假的篮球，却在比赛时打不了多久就体力不支，似乎体力不如人。

我想这固然显示你的体力较差，也表示你的技术有问题。

因为体育活动除了是体能的活动之外，更包含了技巧与智慧，如同用杠杆和滑轮举东西，当你使用恰当的工具，能有“四两拨千斤”的效果。

也就因此，练网球的人，第一件要学的是握拍的方法和手臂的曲直。如果起步的基本动作不对，非但球打不好，而且可能伤到身体。相反，当你用力的方法正确时，则能以较少的力气，击出较佳的球。

◎

记得今年暑假，我有一次跟朋友去游泳，我游的是多年前自己练出来的蛙式，虽然在岸上的体力绝不比同行的朋友差，可是在水中，非但游得不如他快，而且游不久就累了。朋友笑问我，为什么每次拨水时手臂都不伸开，又不拨到底，看起来十分忙碌而滑稽。我想这应该是我容易累的原因。我以为手动得快，就能游得快，岂知用出去的力量，多半被自己匆忙而不完整的动作抵消了。

◎

这也使我想起刚进“中视”报新闻的情况，许多人都批评我播得太快，给人气急的感觉。但是当我播久了之后，虽然速度丝毫未减，却从容而游刃有余了。这是因为我掌握了节奏，将不重要的句子瞬间带过，碰到重要的字眼儿，又放慢速度，使观众听得特别清楚。

◎

同样，我像你这个年岁时，也不擅长打篮球。每次比赛，抢球时猛跳，却因为抓不准时间，而总是抢不到。截球时，又双手乱舞，想以密不透风的动作拦阻对方传球，碰到差的对手固然有效，遇见高手却毫无用处，最后往往累得上气不接下气而先退场。

其实这种运动技巧的问题，不仅发生在初学人的身上，许多资深，甚至已经跻身顶峰的选手也可能遇到。譬如华裔溜冰好手，被称为“中国搪瓷娃娃”的陈婷婷，就因为使用肌肉位置的不当，而再三遭遇挫折。

◎

运动应该是刚柔并济的，如果举重的人压伤了脊柱，赛跑的人拉伤了肌肉，投球的人扭伤了手肘，不是由于他们过度练习，就是有了技术上的误差。因此，拳击赛时，有一方已显然不支，虽未倒地，裁判也会判定比赛结束；当医学界发现少年棒球选手投变化球，可能有碍手臂的发育时，更会建议禁止小选手练习变化球。

运动的精神，是达到体能的极限，并发挥身体的最大潜能，而非不自量力地硬拼。所以当你觉得体能不支的时候，应该以渐进的模式提升，而不要勉强。更应该检讨是否基本技巧有问题，而非逞一时之勇。

刘◇轩◇的◇话

掌握诀窍

我认识一个乐团鼓手，自已学会打鼓，打得不错，只是方法不对。其他的团员都建议他找个老师学习，他说：“只要打得准，谁管？”后来他得了关节炎。

有不少歌手，刚开始练的时候只懂得用蛮力飙高音，但其实唱歌有胸音、喉音、头音三种技巧。不懂得转换，很容易造成喉咙受伤。

我以前打字很快，因为练过钢琴，手指比较灵活。但我从来没有学过所谓的盲打（touch typing），所以打字要一直看着键盘。后来在大学，去应征打字员的工作，老板说我虽然速度快，但因为方式不对，容易打错，所以没有聘我。

一旦养成了习惯，就很难再改，不如一开始先多花一点时间，学会正确的方法！

迎向战斗

每年在美国的高速公路上，不知有多少鹿被车撞死。一般街道上，也总有猫和鸽子被碾得稀烂。你知道这是为什么吗？因为它们在夜晚看到强光时，常会发呆地站在原地，不知逃跑……

今天早上你起得很早，却迟迟不见走出房门，直到我过去察看，才发现你居然坐在床边发愣。

遇到紧急状况，却发愣，是你的老毛病；我一直记得两年前，当你母亲半夜有急病，我把你叫醒之后，你也是站着发呆，直到救护车开到门口，才稍稍清醒。

最近我与你同学的家长谈到这个问题，她居然也有同感，并说从多年的观察中发现，十几岁的大孩子常是用这种方法来放松自己。她说现代社会和学校的压力太大了，孩子受不了，不得不用这种让脑海空白的方法，使自己能获得暂时的松弛。

我同意她的观点，但认为更好的说法应该是：当一个过去处处都由父母安排的孩子，逐渐地完全面对他自己的世界时，往往就会有这种表现。

实在讲，那是逃避，所幸他们在暂时的逃避之后，多半能再站起来，面对眼前的问题。

◎

但是如果一个年轻人不断地逃避，总以这种发愣的方式面对问题，等着别人解决，或让事情自然过去，装作与自己无关，会怎么样呢？我可以告诉你，这种人很多！甚至成年人，已经进入社会相当长时间的人，也可能有这样的表现——那就是沮丧和忧郁症。

有一位患忧郁症的朋友对我说，当他不得不打电话给某人时，却又往往希望某人不在。他既不得不面对问题，又不敢面对问题，整天躺在床上，用棉被蒙着头，缩作一团。

那棉被是什么？

是鸵鸟用来藏头的沙土！也是婴儿母亲的怀抱！

◎

孩子们遇到困难时，总会躲进母亲的怀抱。在我们成年之后，虽然知道母亲不能再为我们解决问题，却在潜意识里仍然存有那种逃避和找寻安慰的想法。因为它是最原始的回应，在我们童年的记忆中，也是最有效的。

就因此，成年人还总是叫“我的妈啊！”，许多长得高头大马的青年，甚至花了发的中年人，也可能躲在母亲怀里痛哭。问题是，母亲不在，怎么办？

他便用棉被蒙起头来，或是躲在角落里发愣！

所以当我发现你有发愣的习惯时，一个想法是：那很自然！每个年轻人，在成长的过程中，都会这样，是为他下一刻的战斗积存力量。另一个想法则是：这是很重要的时刻，我必须教他如何减少逃避的想法，立即进入现实，因为这个充满竞争的世界，是不等人的。

◎

记得你小时候玩耍时常说“play opossum”吗？意思是装死，因为鼬（opossum）这种小动物，遇到强敌时就会装死。

相信你也看过许多昆虫，在被人抓到之后，会立刻仰面翻倒，一动也不动。你必然读过两个人遇到狗熊的寓言故事，逃不掉的人躺在地上装死，而没有被狗熊攻击。

你觉得这些装死的行为是不是很聪明呢？我可以肯定地告诉你，那非但不聪明，而且最危险，因为它们以放弃的模式面对困难，就连抵抗的机会都没有了。

◎

每年在美国的高速公路上，不知有多少鹿被车撞死。一般街道上，也总有猫和鸽子被碾得稀烂。你知道这是为什么吗？

因为它们在夜晚看到强光时，常会发呆地站在原地，不知逃跑，所以尽管有最长而善跑的腿、最佳的弹性和最强的飞行能力，却遭遇了悲惨的命运。

由此可知，并不是任何情况都允许你做暂时的逃避与停驻，不论你有多么强，面对紧急状况时，都必须立刻武装，立即回应，主动出击！

最困苦的时候，没有时间去流泪；最危急的情况，没有时间去迟疑。

在未来的岁月，希望每当你犹豫彷徨、面对压力而不知所措时，都能想起这几句话，把自己抓回现实，迎向战斗！

刘◇轩◇的◇话

脑内的战事

迎向战斗的反应，就好像当兵时从洗“战斗澡”到组装枪支，是用基本动作建立程序，再反复训练，锻炼出速度。这是必要的，因为如果每个动作都需要思考，就会来不及。

要克服晨起时的发呆，得先拟出一套起床的习惯动作，从刷牙到穿鞋出门，反复演练到滚瓜烂熟。如此一来，脑袋还是可以发呆，但身体同时在动作，也不会因此被老爸老妈数落了。

但是当大事临头，不知道该如何反应时，人们多半还是会呆在那里，思考片刻，然后才行动。没有想好就冲进战场，也是死路一条，所以我还是想说：如果希望孩子有行动力，也要给他一些思考和练习的空间，而非一个劲儿地催促。

做个世界人

这个世界已经小到巴黎时装界打个喷嚏，全世界的时髦小姐都会感冒的地步。

你没发觉我们新订的意大利餐椅才运到，台北来的客人却说他家早有一套了吗？

谁能保证《星球大战》电影中，各星族共聚一堂的事，不会在你我有生之年出现？

今早，经过你房门口，看你正在喷发胶，我说：

“如果有一天家里发水，由你负责！”

“为什么？”

“因为发胶里含有的氟氯烷会破坏大气臭氧层，结果阳光缺少了阻隔，造成地球温度升高，北极冰山融化，海平面上升，而我们家在海边，发水当然你要负责！”

“哇！”你笑弯了腰。

◎

但我要郑重地说，别以为我是开玩笑，今天这个时代可跟以前不同了。过去当恺撒大帝杀入埃及的时候，中国的汉元帝正在大赦天下；当十字军在耶路撒冷屠城的时候，宋徽宗正在准备庆祝登基人典；当秦国人将白起坑杀四十万赵国降兵的时候，印度正享受孔雀王朝阿育王的歌舞升平。但是今天，当墨西哥发生大地震，台北立刻测到震级；当切尔诺贝利核电站辐射外泄，世界各地儿童喝的北欧奶粉，立刻有了污染的危险；当伊拉克侵入科威特，全球的油价都猛然上涨。

这个世界不是愈变愈小吗？

据报道，再过二十年，飞机在大气边缘做跳跃飞行，从纽约到东京只需一个多小时。于是你有一天，可能在纽约上班，台北晚餐，加尔各答睡觉。

◎

记住！这个世界是以等比级数的速度进步，电脑已经在改良电脑，机器人已经在制造机器人；两德突然统一了，欧洲共同市场的国界几乎不见了，英法之间突然可以通车。

谁又能保证《星球大战》电影中，各星族共聚一堂的事，不会在你我有生之年出现？

最起码，如今你在曼哈顿，每天就接触很多不同人种。今天在纽约只会听正统英语已经不够了，我们必须适应中、法、日、韩、西班牙、印度乃至阿拉伯人的不同腔调。

◎

记得你小学老师曾问："如果有一天非洲码头大罢工，加拿大森林失火，会造成什么影响？"

答案居然是："我们就可能没有巧克力原料，也缺少包糖果的纸张。"

记得中学老师也对你们说："虽然日本汽车造成许多美国汽车工人失业，但是如果我们不再进口日本汽车，将可能使日本人没有足够的外汇购买美国粮食，反促成军国主义复生，而影响世界安定。"

◎

这个世界已经小到巴黎时装界打个喷嚏，全世界的时髦小姐都会感冒的地步。你没发觉我们新订的意大利餐椅才运到，台北来的客人却说他家早有一套了吗？

你没注意朱经武在超导体刚有突破，全世界都加紧脚步，研究更高温度的超导体吗？

你没看到电视上还报道，有些人用降血压药片磨成粉，配上酒精，做成生发水，而今这药已正式上市，排满一架了吗？

◎

随着资讯的快速发展，最新的手术方法，才在医学杂志发表，全世界的医生都可能立刻跟进，且在明天拿出更成功的病例。

如同太空人阿姆斯特朗那句名言：“我的一小步，人类的一大步！”

我们每天都可能走出全人类的一大步，别人也很可能随时帮我们跨出新的一大步！

今天航天飞机又要升空了，许多人都很注意这件事，因为听说在无重力状态下合成的药剂，很可能使艾滋病的治疗有突破性的进展。

但是想想以前，有几个人会关心太空科学呢？

◎

记得我们每次去纽约自然历史博物馆，进门最先看到的那只大标本鸟吗？

它的名字叫“渡渡”（DODO），是原产毛里求斯的大鸽子，只因为不能飞，在二十世纪末绝种。博物馆的导游总是遗憾地说：“渡渡很可爱、很温驯，却全被衣冠文物人打死了，真是人类的耻辱。我们不能再让世界上其他的动物绝种，那是我们的责任！”

是的！保育野生动物，保护亚马孙丛林，维护臭氧层和所有生态的平衡，全是我们的责任。

因为这是个小世界，而我们身为“世界人”！

生在这个时代，你的眼光要远，胸怀要广。

某部电视剧里感叹中国人过去没有走向海洋，我则建议你：想要未来成功，你必须现在走向世界！

刘◇轩◇的◇话

眼界无疆界

现在是个牵一发而动全身的全球化时代，就像所谓的“蝴蝶效应”：一只蝴蝶在亚马孙河流域振翅，却可能在美国得克萨斯州引发龙卷风。如果我们从外太空观看地球夜景，一个千万人的大城市，也不过是小小的光点，会发现每个人是如此渺小，又如此重要。尤其现在网络资讯无所不有，每个人都可以目睹资讯革命的前端，并亲身参与。

几个月前，有一位大学同学来台湾开会。这位老兄定居迪拜，公司在伦敦，父母在纽约，女友在曼谷，员工则分散在全球各地。在我们一起吃饭的短短时间内，他的黑莓手机响了三次，来自三个不同的时间区域。他一会儿说英文，一会儿说西班牙语，一会儿说阿拉伯话。

“我的员工，很多都在学中文。”他对我挤个眼，“我也打算尽快开始学！”

世界正向我们走来，我们能不加把劲吗？

第三篇　写给女儿：坚持做你自己

天才是在别人都放弃的时候他不放弃，天才是锲而不舍的努力、坚持到底的热情。天才不怕打击，也不怕别人恶意批评，他只是认清自己的目标，以鸭子划水的方式，按部就班地前进。

坚持做你自己

老师有时间考，没时间教；学生有时间学，没时间习——好像只顾吃，却没本事消化，当然不可能健康。

你奶奶在世的时候常说我的考运好，又讲："这一定是因为祖上的阴功、父母的德行、自己的努力。"她还有个好笑的迷信，说我考高中的时候考场在成功高中，所以我考上成功；考大学的时候考场在师大附中，所以我进了师大；要是我的考场在台大，就一定进台湾大学了。

每次你奶奶这么说，我都回她一句："不可能，因为我一共只填了四个志愿，根本没填台大！"

当年大家都填几十个志愿时，我确实只填了四个，而且其中有三个是美术系。好多老师都说我开玩笑，但我知道自己在做什么，我知道我要的是什么，别人很难影响我。

我念书也一样。你一定听说过，我以前因为搞社团、参加演讲比赛，常休公假不上课，中间又因病休学一年，所以成绩很烂，初中、高中都常常不及格，要靠暑假补考及格才能免于留级。

◎

我参加学校的模拟考试，也从来没上过榜，唯一一次榜上有名，还是备取。问题是，高中我考上成功，大学上了师大，那些每次模拟考试都金榜题名的同学，反而多半不如我。你猜，那是因为什么？

那也是由于我知道自己做什么、自己要什么，我有自己的读书计划。

就像联考填志愿，我不理会别人，只要自己认为对，就坚持走下去。

譬如模拟考试，从初三上学期就开始考，每个月一次，每次都有一定的范围。但因为学校的范围太大，第一个月，考一年级全部；第二个月，考二年级全部；第三个月，考一、二年级全部；第四个月，连三年级教过的一起考。但是我功课本来就烂，一年级、二年级没好好念，不可能准备好，所以我读书的进度总是落后，当模拟考试已经考五本教科书的时候，我才准备了两本，也因此每次都落榜。

只是，我并不在乎同学嘲笑，也不理会老师骂，我自己有计划好的进度。我用“剩下的日子”除以要准备的每个科目，算出每一科能用多少时间复习，到考试正好可以看完。

结果，我成功了。那些天天上补习班，好像很棒的同学反而有很多失败了。

◎

后来我和那些失败的同学讨论，得出个结论：他们失败，败在没有自己的计划，而一味赶模拟考试的进度。他们拼命赶、拼命念，好像都念得很熟了，模拟考试也都得到高分，问题是他们没有精读，每次复习时，翻一翻课本，画得红红蓝蓝，写得密密麻麻，好像都没问题，等到真正“上战场”，却发觉对许多东西已经不那么确定。加上好多同学每天赶两班车去老师家补习，还要到学校上课，体力透支太多。老师有时间考，没时间教；学生有时间学，没时间习——好像只顾吃，却没本事消化，当然不可能健康。

那些去老师家补习的同学，又因为老师放水，把学校将考的题目先做过一遍，每次都考得好，在学校可以傲视群侪。他们甚至活在一个假想的“已经金榜题名”的世界，等到面对真正的考卷，才发现好多东西没念到。

◎

所以有很长一段时间，我是反对学校办太多模拟考试的。我觉得模拟考试固然该办，但不能早早办。就算早办，也要细细规划，不能一次考太多，宁可让学生像砌砖墙，一块一块来，到时候正好砌成一堵好墙，也别早早就做成像入学考试一样，涵盖全部三年教学的内容，造成学生拼命赶进度，结果博而不精。

◎

近年来，我在台北学乒乓球，也有这样的感触。刚去的时候，我自以为已经打得不错，只要学学削球、搓球、杀球就成了。没想到教练一切从头来，连我哪只脚应该在前都管。打球的时候更麻烦，什么“大臂小臂”“大框架”“松执拍活运腕”“卡磨提举”……一堆术语，我甚至觉得他把我当小娃娃一样教。

问题是一路学下来，我硬是有了新的领悟。回到纽约，跟老球友比画，硬是令人刮目相看。想想，教练按部就班的教法，不也跟我准备高中和大学入学考试一样吗？

◎

求学最忌躁进，为学最忌随俗，处世最忌盲从。我非常欣赏美国人常说的I know what I am doing（我知道我在做什么）。这句话不是在别人劝说时用来做挡箭牌的“自以为是”，它真正的精神是认定目标，锲而不舍地做下去。

◎

孩子，你知道我为什么说这许多吗？

那是因为我听你妈妈讲，你听宿舍里别的同学练习，发现他们进度比你快，你怕自己太慢，有些忧虑，所以我隔海传真这封信给你。

只要你自认尽了最大的力，只要你有自己的计划、一定的进度和自我的要求，就不用管别人。

我又要引一句你奶奶的话了——一听打鼓就上墙头的孩子，不可能有了不得的成就。

靠自己去成功！

你是你，坚持做你自己，最后的成功一定属于你。

小心！这里有个台阶

我们要总为他人着想，别因为自己的“不小心”，造成别人的“不小心”和永久的“伤心”。

今天傍晚，你跟我在院子里玩，发现修矮墙的工人用完水管居然忘了收，使那水管正好横过我们侧门的走道。你一边跟我合力把水管卷好，挂回墙上，一边责怪“工人怎么会这么粗心，幸好没人被绊倒”。

我很高兴你那么说，不是高兴你会责怪人，而是高兴你能知道“为他人着想”是一件重要的事。只是你知道吗？你平常也可能犯了像那些工人那样的错。

譬如昨天，你放学回来，进门就把书包往楼梯上一扔，又摘下腰包丢在走道上，不是就跟工人犯了一样的错吗？

如果外公外婆不小心，或者爸爸急着跑下楼，一脚踩到你的书包，或被腰包的绳子钩到，不是就麻烦了吗？

还有，你记不记得？我曾叮嘱你，上完浴室，一定要把门关好，或是把门完全打开，千万别让门呈九十度角挡住路中间，免得我走出书房，没注意，一头撞上去。

其实我已经撞了一次，只是不好意思，没跟你说，怕你笑我为什么一边走路一边看书，那么不小心。对！都怪我不小心。

许多意外都是因为出意外的人不小心，譬如马路上有个“人孔盖”没盖好，就可能有人不小心摔了下去。

你可以说是那个摔下去的人不小心，但是从另外一个角度想，如果那“人孔盖”能够被小心地盖好，不是就不会有意外发生了吗？同样地，如果你把浴室的门关好，我不是就不会撞上了吗？

所以我们可以说，每个不小心造成的灾祸当中，都可能有另外一些不小心。如果大家都能小心一点，为别人着想，那不小心就能减到最低。

◎

正因此，我常叮嘱你，不可以在“动线”上放东西。

什么是动线？动线就是人们总经过的路线。

你知道室内设计最重视的就是动线吗？

一个好的室内设计，使每个人都能在其中顺畅地走动；不好的设计则可能左边多出个柜子，右边又伸出个桌脚。

中国人讲究的“风水”，跟动线就有很大的关系。你想想，如果一个人天天在家里左边撞一下，右边躲一下，稍不小心就要受伤；再不然左边伸出个尖，右边冒出个角，使其中的人总是吓一跳，时间久了，能不影响情绪，甚至影响身体吗？

◎

同样的道理，我们平常放东西也一定要注意动线。在大家常走动的那条线上，你绝不能随便扔东西，尤其那些有绳子、带子的东西。还有，你的书也不能随地扔，因为厚书能绊倒人，薄书能滑倒人。不信你试试，把一本杂志放在地上，用脚在上面移动一下，你会发现那杂志因为用铜版纸印刷，一页与一页之间摩擦时，一点阻力也没有，滑得像溜冰场一样。

想想，如果哪一天你急着跑去接电话，一脚踩在这么一本杂志上，能不摔倒吗？如果你摔倒时，又撞到旁边的柱子、柜子，那后果会如何？

◎

我就曾经看过一个因为前面的人不小心造成的灾祸。那一天我到超级市场，看到有个女人正拿着地板清洁剂，一罐一罐看，还打开一罐，喷了一下。

接着，不超过两分钟，就听见一声尖叫、一声巨响，一个顾客躺在地上。

当救护车把满脸鲜血的受伤者抬走时，我看见那个试用喷剂的女人也躲在人群中。我相信摔倒的顾客，八成踩到了那女人喷在地上的清洁剂。

你说，她这么一个不小心，造成严重的伤害，甚至可能夺去一条命，就算没人知道，她的良心能不受谴责吗？

这么多年来，我常想起那一幕，也常自责——如果我当时能警告那个女人，阻止她随便喷或劝她喷了之后擦干净，说不定就不会有后来的悲剧了。

所以，今天我要叮嘱你——

我们要总为他人着想，别因为自己的“不小心”，造成别人的“不小心”和永久的“伤心”。

我们甚至应该在发现路上有障碍，可能造成别人危险的时候，主动把障碍移开，在自己没看清楚台阶差点摔倒时，立刻告诉跟在后面的人——

小心！这里有个台阶。

谁是真天才

天才不怕打击，也不怕别人恶意批评，他只是认清自己的目标，以鸭子划水的方式，按部就班地前进。

今天下午我给你上中文课的时候，你提到某某人是天才，又说你不是天才。

“什么是天才？”当时我问你。

你支吾了半天，答不上来。

“那么爸爸算不算天才？”我又问你。

你点了点头，说大家都说爸爸是天才。

问题是，我有什么特殊呢？我说：“爸爸的记忆力，有的地方奇好，有些地方又奇坏。会背书，可是不会记人名，又不会记英文单词，从小功课不好。爸爸什么地方称得上天才呢？”

◎

天才是一个非常抽象的名词，你很难说怎样的是天才，倒是能从许多事情上看出来，天才跟一般人有些不一样。

举个例子，大发明家爱迪生，人人都说他是天才，他也确实是改变人类命运的天才，可是他小时候却被认为是弱智，因为他连最简单的东西都搞不懂。发现地心引力的牛顿是天才，可是当他坐在苹果树下，看到苹果落地，就想苹果为什么会往地上掉，却不往天上飞，在当时也被认为是愚笨。

于是我们发现，天才常常是钻牛角尖、怀疑别人所不会怀疑的东西的人。他对什么都好奇，不但希望知道“是什么”，而且总希望了解“为什么”。

◎

天才也不一定都是“早慧”的。

不信你统计一下，那许多十二三岁就大学毕业，甚至十五六岁就拿博士的天才，后来又如何？在茫茫人海中，他们只是逐渐被湮没。好比我早春就在屋里培育的向日葵，虽然外面还在下雪，它们早已萌发。但是当我天暖时把它们移出去，又在旁边播了几颗新的向日葵种子。隔不久，那些后种的不但快快蹿高，而且比温室里培育的更粗壮。

即使像莫扎特这样小小年岁就成名的天才，据研究，他真正完美的作品也是在二十岁以后才产生，又因为早期透支太多而早早死去。

你说在那些大人吹捧下，早早就是小天才，有什么好处？只怕早期的虚名反而影响了他们后来的进步啊！

◎

最近，一个艺术系的学生也跟我提到天才这件事。他说，以前在班上，他总觉得别人是天才，因为他几个小时都画不好的东西，有些人一下子就能掌握。

他为此懊恼了好一阵子，后来想：我不是天才没关系，我勤能补拙，如果用鸭子划水的本事，默默地努力，说不定将来也能成功。

他现在成功了，成就远远超过同班的那些天才。最近他还对我说了一件很有意思的事——

有一天，他参加艺术系的同学会，大家都四十多岁了，各自谈儿子、谈女儿、谈怎么赚钱，甚至谈怎么为学校制作班级前面挂的牌子，可以得到不少回扣。但是当他说他前一天下午去植物园写生的时候，那些“天才”都瞪大眼睛看他：“什么？你还去写生，昨天多热啊！”

“那些天才都停笔了，都不再对艺术热情，全班到现在只有我和另个女生还在努力创作。”他得意地说，“所以我居然可以讲，如果班上有天才，我和那女生才是淘汰又淘汰之后，剩下的天才。”

◎

他的这段话讲得真是太对了！天才是在别人都放弃的时候他不放弃，天才是锲而不舍的努力、坚持到底的热情。天才不怕打击，也不怕别人恶意批评，他只是认清自己的目标，以鸭子划水的方式，按部就班地前进。

对！按部就班地前进。

你不是总看我在隆冬的时候点燃壁炉吗？

我再急都得忍着，先把报纸撕开，揉成一团一团放在最底下，再摆上小树枝，而后堆上较粗的枝子，最后才搁上大大的木块。我常一边点火一边想，那些没耐心的人，可能草草堆上许多干枝子，就放上大木块。刚点燃的时候，火势大极了，怎么看都是一炉好火，可是小枝子很快烧完，大木块还没能被烧透，那火就跟着熄灭了。只有按部就班、不急功近利的人才能成功。天才就是这样，一步一个脚印，认清目标，坚持到底。

◎

孩子，我不知道你是不是天才，因为天才在眼前看不到，如同一炉真正的好火在初燃时见不到，只有到了后半夜，当别人的炉火都已烧尽、别人的热情早已冷却的时候，才知道那仍然不断散发热力、温暖人间的是一炉成功的火。

我曾在远方等着，看看你们这批小天才以及不认为自己是天才却肯努力的人，谁会先放弃，谁又会坚持到底，终于攀上人生的巅峰。

失重的感觉

曾有人问那些中乐透大奖的人，未来打算怎样安排自己的生活。

他们说："我们先还清房子的债款，买两辆新车，送些钱给我们的父母，去佛罗里达度个假，然后开着新车回去上班！"

你筹办多时的派对，终于在今天早上结束了！可是一直到下午两点，居然都没见到你的人影，连一向震耳欲聋的音乐也消失了。我上楼探视，发现你躺在床上发愣，一副无精打采、有些落寞的样子。

这情景，使我想起以前演舞台剧，在热烈的掌声中落幕后，又回到台前谢幕，再次接受那英雄式崇拜的掌声。全体演员拉着手，以最优雅的姿态鞠躬，并看着幕布终于落下。

接着，便听见台下椅子移动和嘈杂的人声，然后是逐渐稀疏的脚步，以及剩下的沉寂。

这时幕布又被升起，以便拆除布景和打扫舞台，许多演员在卸妆后再到台上绕一圈，大家相对笑笑，深呼吸几口气，像是说“好不容易，终于演完了”，又像在做深深的叹息！

◎

松口气的时候，明明应该是最欢愉的，为什么反而叹息呢？这是多矛盾的事，但也是千真万确的！

◎

我曾看到一个孩子在紧急刹车声中，躺在车子的前轮下，面色苍白直奔过去的母亲，在发现孩子居然幸运地毫发无伤时，突然出手，狠狠打了孩子两记耳光，当旁边的人怪罪：“孩子没伤，你该高兴才对啊！”那母亲一言不发，掩面跌坐在地上痛哭失声。

她的哭，不正是在松口大气之后吗？当她奔向车子时，已经容不得她去想哭这件事，只有松弛之后，才一股脑儿地发泄出来。

◎

前个周末，由纽约北部来上课的学生，请我填一份学费的收据，说可以由他们的公司付钱。原因是公司发现退休的员工，常活不了多久，于是接受医学专家的建议，鼓励即将退休的人，学习几种休闲技艺，或培养一些嗜好。果然施行以来，退休的员工，寿命延长了许多。

大紧张与大兴奋之后的轻松，不见得是全然的快意，那轻松往往只停留短暂的时间，接下来的反而是疲劳显现或茫然失措。

◎

记得我在你这个年岁时，每次月考结束，都会去看场电影，而在电影散场时，竟是我最沮丧的时刻，因为我会突然跌入现实："过两天发成绩单，会不会考得太差？""为准备月考而欠下的功课，还能拖得了几天？"

但这沮丧很快就消失了，因为成绩单终于发下来，功课也终于赶完交上去了，并有了新的功课和考试。真正较长期的沮丧，反而是在联考放榜后的一段日子。

◎

那应该说是茫然，一下子放松之后的失重感，因为旧的目标已经达成，新的目标尚未设定！

曾有人问那些中乐透大奖的人，未来打算怎样安排自己的生活。因为数千万美金使他们三辈子也用不完。但你知道最普遍的答案是什么吗？

他们说："我们先还清房子的债款，买两辆新车，送些钱给我们的父母，去佛罗里达度个假，然后开着新车回去上班！"

是的，他们没有开着新车东游西逛，却常常是回到自己的工作岗位。

其中有人说得好：

“工作，是生活的一部分。白吃，白拿，活着还有什么意思！”

另一个人说得更妙：

“有了足够的钱，仍然努力工作，愈会被人尊敬！因为你不是为吃工作，而是为工作而工作！”他强调，“每一种生物，都会为吃工作，只有‘人’属于后者！”

◎

听了这许多，你应该了解为什么在这轻松的暑假，办完派对，反而有一种说不出的沮丧。

这沮丧要怎么治疗？答案很简单：

“投入现实，设定新的目标，迎向新的挑战！”

嗨！你好吗？

我有一个朋友，说钱没钱，说势没势，甚至论才能也一无所长，却成为最受欢迎的人物。有钱的人帮他出钱，有势的人为他效力，有才的人向他献计，使他获得了了不起的成就。

下午，对面邻居的孩子在门口玩。

“原来他们也有两个大孩子！”我转身叫你，“快出去打个招呼，认识认识！”

“我怎么去打招呼？多冒失，又不是很自然地碰到！”你说。

“你可以拿个球，从侧门运球出去，经过他们前面，不是就能喊一声‘嗨’了吗？”

你没有动，直到邻居走进去，错过了跟他们结识的机会。

◎

我知道你不喜欢矫情，但你也要知道人与人相识，除了自然的缘分，更有许多创造的机缘。譬如我们搬到这里，迟早要与他们认识，你只不过早一点对他们说声“嗨”罢了，怎能说是造作或矫情?

就算用创造的模式，能结一份缘，也是值得的啊！话说回来，你怎么不想，他们在门口玩球，正是要引你出来，跟你说一声“嗨”呢?

譬如昨天傍晚，你亲眼看见我跟左邻芭克太太在她的后院聊天。我们就这样认识了，彼此留下电话，约好守望相助，大家有个照应。你知道那第一声“嗨”是怎么产生的吗?

我们几乎同时地，隔着树叶向对方打招呼。我相信，我们也是一起有心地走向树叶，为的是与对方结识。否则傍晚的蚊子正多，两个人何必莫名其妙地一起往那里走呢?

我们彼此都隔着十几尺的树叶向对方望，然后不约而同地找到恰当的时机，抬起头，露出笑容，喊一声“嗨”。然后，我便弯身穿过树叶，到她的后院，开始了寒暄。

◎

这种彼此心里准备好，伺机而动，并接触眼神的功夫是非常重要的。

譬如当你参加酒会或聚餐时，必须随时保持敏锐，回应别人抛来的眼神。

正因如此，你经常可以在电影里见到，人们能远隔十几尺相互敬酒。想想，若不是敏锐，怎么可能注意到那么远。

而那远远会心一笑，不必开口，默默地、高高地举起酒杯，用眼睛表达一份心意的敬酒，最是令人感动！

相反，当你看到一个朋友，直向他使眼色，甚至叫他名字，对方都迟钝而无回应时，那又是多么懊恼的事?！我们每个人，不都经历过这种尴尬的场面，或给予过别人这样的感觉吗?

当你的朋友狠狠拍你一下，说“怎么搞的？我跟你打了半天招呼，你都没回应”时，就是因为你不够敏锐，伤了对方的心，使他热情的“嗨”落入冰水之中。

◎

“嗨”是个最普通的字，相错而过的车船上，人们可以彼此喊一声“嗨”便再也不相遇。八竿子打不着的人，可以因为喊一声“嗨”，而从此相识。

“嗨”是你送出的一个友好的信息。没有友好的意思，何必喊“嗨”？

而许多成功，就从这一刻开始了！

因为这是“人”的社会！所有的活动、交易、成就，都要从人与人的接触中产生。别人供给你所需，也肯定你的贡献，甚至你存在的价值，都建筑在人们的回应上。

所以你认识的人愈多，公共关系愈好，就愈容易成功！

◎

我有一个朋友，说钱没钱，说势没势，甚至论才能也一无所长，却成为最受欢迎的人物。有钱的人帮他出钱，有势的人为他效力，有才的人向他献计，使他获得了了不起的成就。

为什么？因为他与这三种人都有交情，他把有钱却急需政治后盾的人，介绍给有势却无财力支援者，又将怀才不遇的人，引荐给他们。于是大家都获得了好处，团结成一股力量。

而谁是力量的中心？

当然是我这个无钱无势又无才的朋友！话再说回来，与众人结交的能力，何尝不是一种杰出的才能？

难道我这个朋友，都是等待最自然的机会，才去跟对方结识吗？

他必然掌握了每个小小的契机，把它发挥成大大的巧合，而与人结缘。要知道，会结缘的人，即使在路边看商店橱窗，都能与其他看橱窗的人开口寒暄。因为有共同的注意点，就是一种缘！

◎

如此说来，今天下午，你岂不是错过了一个大好的机缘？

记住，这世上每个人都可能跟你有缘，也都可能成为你的助力。中国有句俗话叫“见面三分情”，如果你常与人见面，将可能积蓄多少情啊！

那情常是你成功的保证，也是在困境中的通行证！

不要犹豫！不要吝惜！抓住机会，露出笑容，说一声：“嗨！”

这世界会变得好大，好可爱！

第四篇　尊重别人就是尊重自己

一个会说话的人，总是心胸和视野最宽阔的人。只有心胸宽的人，他的话语才能厚道；只有视野宽的人，他的话语才能公正。只有这二者都宽的人，才能不卑不亢，用真情“把话说到心窝里”！

你为什么不早说?

每个人都会感激别人在背后赞美自己，也都特别痛恨那些在背地里说人坏话的人。

说话多半要礼让，给对方空间，让人家说，别打断他的话。

但是在某些情况下，你却得主动插话，把事情说清楚，把话题岔开，或是抢先发言。

记得有一次我下午两点钟接到女儿校长的电话。

“我是小帆的校长，没什么急事。”那校长先很快地这么说，然后才一笑，“我打电话是向你报告，你的女儿得奖了。”

我后来细想，那校长前面说的两句话真有学问。为什么?

因为他知道家长在孩子上课时接到学校电话，一定会大吃一惊，猜孩子是不是出了什么意外。所以，他要抢话，在我血压上升之前，先告诉我“没什么急事”。

◎

我还记得有一次在百货公司，看见卖化妆品的小姐各自发挥本事促销。

有的小姐问："要不要给您介绍最新的产品？"

有的小姐问："太太！您的皮肤最需要这种保养了，来试试吧！"

有的小姐说："小姐！您的眼妆如果用我们这种眼影，一定会更美。"

说实话，她们讲得都不错，抓住人们尝新、抗衰和爱美的心理。

但是我发觉那边生意最好的一个柜台，里面几位售货小姐最高明，坐在她们前面接受化妆的人也特别多。

你猜，她们怎么把人拉过去？

她们说得很简单——

"小姐！您有没有两分钟？让我为您补补妆。"

多高明啊！她不批评顾客原来的妆，只说补妆，免得引人反感；她也不说要你买，或用你许多时间，而强调："您有没有两分钟？"

◎

"对不起！耽误您两分钟。"

"对不起！您是不是还在忙？"

"用您两分钟，跟您报告一件事，不知道行不行？"

"不知道我现在说话方便不方便？"

这都是很平常的话，却可能有大效果。

你想想，如果你正忙，有朋友来电，你刚要说改天再谈吧，他却先开了口："只用两分钟。"你是不是可能想大不了两分钟，看他好像很急，就耐着性子听了呢？

结果两分钟让你听得高兴，延长到十分钟，只怕你还主动对他说："别急，我还有时间。"

于是许多原本办不成的事，就这样办成了。

同样的道理，当你不确定对方情况时，先问："您现在说话方便不方便？"也能避免许多困扰。

◎

有些情况，是不能不抢话的。

譬如你在家，因为手上忙，于是用电话免提，除了你，四周的人也能听到你们的谈话，这种情况下，你就应该抢先告诉对方："我现在用的是免提。"

你绝对不能在发现对方的话可能不适于旁边人听的时候才提醒，因为那时已经造成了损害，而且往往是大损害。每个人都会感激别人在背后赞美自己，也都特别痛恨那些在背地里说人坏话的人。

◎

在今天这个社会，你接任何电话，只要旁边有相关的人，除非你存心让那人知道，否则都应该使用技巧，让那人听不出来是谁来电。

在安静的地方你应该把话筒贴紧耳朵，免得耳尖的人听到谈话内容。

你更不能在对方谈到“那人”时，用闪烁的眼神偷偷看那个人。

在今天，当你打电话给朋友，对方不称呼你的名字，或语气特殊的时候，你也应该有警觉，主动问他：“你现在是不是不方便说话？”而当你发现接电话的人用极小声回话时，则应该猜想他正在开会、探病、参加丧礼或在图书馆，而主动了解状况，快快挂电话。

还有，电话才响对方就接听的时候，你要主动问对方是不是急着等别人电话。在铃响许久对方才接听时，你则要问他是不是在忙，或自己是不是“插拨”进去。

一个会说话的人，总能探知对方的想法；一个会打电话的人，总要猜测对方当时的环境。只有在适当的心情与环境下，才能把话说到心窝里。

向左转向右转

同样一件事，你可以硬说，也可以软说；可以“正着说”，也可以“反着说”。这当中的运用，就是说话的技巧。

同样一件事，你可以硬说，也可以软说；可以“正着说”，也可以“反着说”。这当中的运用，就是说话的技巧。

譬如，有一天你赶时间，又不好对开车送你的朋友直说，你可以一上车就问：

“走哪条路最不容易堵车？”

他如果敏感，自然会回问：“你是不是赶时间？”

◎

又譬如你跟个朋友做生意，因为是朋友，而且初次交易，觉得话不能说得太硬，但是怕他不准时交件，于是你说：“只要您准时交件，我绝不会少您一分钱。”

他自然能会意，你言下之意是：

“只要你不准时交件，我一定扣钱。”

◎

提到准时交件，使我想起有个出版社跟我约稿，而且急如星火，我准时交件了，书出版了，而且上了畅销书排行榜，只是对方非但没有如约定的付我稿费，而且连书都没寄给我。

我实在有点不高兴，想打电话骂他：“书早出版，都上排行榜了，为什么却没给我寄一本来呢？”

但是跟着，我想那样说实在有伤情面，还是换个说法吧，所以打电话过去，先问对方好不好，再问书出了没有。那书的宣传大极了，我怎可能不知道？他又怎能认为我不知道？只是彼此心照不宣。

没几天，我收到他的挂号邮包，稿费也入了账。

◎

古人说“三思而行”，也可以讲“三思而言”。同一句话，你不但要三思，而且应该想三种说法，举个例子——

你觉得太太脸太苍白了，应该化化妆。

你能直说“你脸太苍白”吗？还是问：“你为什么不化妆？”

抑或，你用正面讲法：“你可以化化妆。”

甚至更技巧一点，说：“太太啊！如果你再化点淡妆，一定会更美。”

同样的道理，你的孩子不用功，你是劈头就骂："你太不用功！"还是用问句："你为什么不努力一点？"

抑或换个句子："其实你只要稍稍加把劲儿，成绩一定就会上去。"

◎

还有一个方法，是"对比法"。

譬如，你觉得太太最近实在像"吹气"似的，愈来愈胖，却又怕伤她自尊心，不敢直说："你太胖了！该节食了。"

于是你换个方法说：

"跟今年比起来，你去年瘦得多。"

她听了自然心里有数，你是说她今年胖得多，恐怕成汽油桶，该少吃点了。

◎

再举个更妙的例子。

我有个朋友到大陆旅游，什么都新鲜，什么都好玩，归期一延再延，一副乐不思蜀的样子。

他太太一个人在台湾管家里的生意，火大极了，对着婆婆抱怨："他也不想想家里有多忙，这次说五号回来，今天都二号了，他还没确定。我要打个电话去问他，到底准不准时回来。我一个人扛那么大的公司，要扛不住了！"

婆婆一笑："我也急，但是何必那么问呢？你可以换个方法啊！”

于是那太太照婆婆教的，打了电话去，语气非但不硬，还十分温柔：

“我真是怕你买太多东西，行李太多，要不要五号晚上七点安排一辆大一点的车去接你？因为公司我忙得晕头转向，得早点安排这事。”

你说，多妙啊！她把要问的事全问了，要说的事也全说了，却让丈夫感觉那么舒心。

所以把话说到心窝里，不难！最重要的就是——

以关怀代替质问，以建议代替责难，以暗示代替直言。

如何找到合作者？

“借口”，实在是说话最常用的技巧。

古人说得好……

“借口”，实在是说话最常用的技巧。

学生写作文，动不动就说“古人说”；开头不知道怎么写，就翻《智慧语录》，照抄一段：“孔子说，庄子说，孙中山说，恺撒大帝说，林肯说……”

好像古人、名人一说，自己跟下来说，就言之成理了。

一点也没错！

当你引用别人的话的时候，首先，它就使你不孤立，表示不但你说，别人也同意，或别人这么说，你只是加以发挥。

◎

其次，你引用别人的话，还有个好处，就是把那些人拉到你的同一阵线。

不信你看！电视座谈节目，各派系都有代表，还有学者专家参加，你原来不知专家“往哪一边站”，又不知党派与党派就当天的议题是否有共识，但是人只要听一阵，某人开口说“前面某某说得不错”，“我认同前面某某的看法”，立刻形势分明。不是吗？

更重要的发挥，是在一群人竞选，谁也不让谁的情况下，你可以用“同意别人说法”的方式来减少对手、拉拢人心。

我就亲眼见到，在一个“大学社团负责人研习会”上，选举领导人的时候，每个人都代表他的学校，都希望能选上，都鼓如簧之舌，说自己有多能干，当选之后会如何努力。只有其中一人，他最后发言，没有多说他自己的想法，反而不断提到前面别人的“政见”，说他很同意，如果自己当选，一定要照着去做。

最后要投票了，大多数人把票投给自己，但是也有些人看看情势，心想自己表现不如别人，绝对当选不了，于是把票投给别人。

投给谁？

投给那“政见”与他相左的，使他被压在下面？

还是投给同意他“政见”，当选之后还可能向他请益，成为合作者的人？

当然是后者！

◎

“借口”还有个好处，就是“诡文而谲谏”，明明是你说的，你却说“有人这么说”。你是把话当面说了，但是听话的如果不同意，要发怒，也不会发到你头上。你可以不认账，说“别人这么说”，你只是提出来供他参考。

话说回来，听话的人也可以猜到“你只是‘借口’，借别人之口，说你自己的话”，于是他也可以说：

“是谁说的？你告诉他，叫他小心一点，我会修理他！”

不就是因为“指桑骂槐”，能当面不撕破脸，而表明他的立场吗？

◎

“借口”更可以借“公正第三者”的口说话。

譬如你丈夫总出差，不在家，你自己不抱怨，只淡淡地说：“今天孩子说了，爸爸好像家里的客人，家好像成了旅馆。”

又譬如你的同事，一喝酒，就乱说话，你想劝他，而不直说，借你太太的口：

“我太太说，小王好可爱哟，平常不苟言笑，三杯下肚，就变得好亲切，什么都说，好多她原来不知道的，一下子，她全知道了。”

猎人的故事

转移焦点，通常用在不需要立刻得到答案的事情上，或是当你可以“用转移的目标，替代部分答案”的时候。

有位法律系的教授，上课第一天，才走上讲台，就说：

“有个猎人追一只狐狸，狐狸绕着弯跑，猎人开了好几枪都没打中。狐狸冲向一棵大树，钻进树下的一个洞，树洞有另一个出口，居然跳出一只兔子。猎人喜欢吃兔肉，就追兔子，兔子一蹿，跳进一树丛。猎人对着树丛开一枪，轰一声，跳出一头黑熊，猎人对准黑熊开枪，发现枪里没子弹了，只好转身跑，一边跑，一边装子弹，幸亏黑熊跑不快，这猎人回头补一枪，终于把黑熊打死了。”

说到这儿，教授看看下面眼睛瞪得大大的学生问：“怎么样？精彩吧？”

“太棒了，打一只兔子，变成打到一头大熊。”有学生说。

“太有意思了，猎人原来只想打狐狸，结果能跳出兔子和黑熊。”另一个学生讲。

“黑熊值不少钱呢！”许多学生交头接耳，“猎人发了。”

“说不定猎人打兔子的那一枪，已经打中了黑熊，”又有个学生说，“所以黑熊跑不快，不然猎人早死了。”

看看学生，教授笑笑：“你们想得都不错，但是为什么没有一个人问那原来的狐狸呢，兔子呢？前面的两个主角到哪里去了？”教授表情转为严肃，“你们要当法官、当律师、做检察官，就得防着不要被人转移了焦点！”

◎

“转移焦点”就是这里要讨论的。

我们常批评一个人“顾左右而言他”，又常批评政治家们“故意模糊焦点”，再不然说“某一个突发的事件，转移了人们原来对另一个新闻的注意力”。

其实这里所说的道理都一样，就是“转移焦点”，使人们放弃原来的东西，转而注意另外一件事。

转移焦点是我们说话时最常用的技巧，首先，它可以避免尴尬的场面。

◎

譬如大家正在大骂“9 · 11”恐怖分子，全是中东人，你抬头，看见有个中东的朋友正好进来，就把话锋一转：“哎！昨天美国股市好像涨了，老王啊，你消息最灵通了，你有没有听新闻，美股涨多少？”

聪明人听你突然转移焦点，一定能立刻意会到情况有变化，接着看见中东的朋友进来，于是心领神会地帮你把话题带开。

于是，你用了“爆炸案”“股市”和“老王”这三个“环扣”的东西，把骂中东人的话题转到了老王身上。

短短几句话间，你已经把焦点转了三次，使尴尬的场面能够立刻不知不觉地化解。

◎

相对地，如果你走进办公室，发现人家正背地骂你朋友的时候，你不高兴，又不愿意跟同事扯破脸，也可以主动把话题带开。

你可以用一个很普通的话题，譬如说：“哎，大卫呢？大卫在哪儿？我找他半天，找不到。”

聪明的同事，自然会住口，因为他们知道你是存心把话题带开。

此外，你也可以直说：“哎呀！事情都过了，各有各的理，咱们不谈这个好不好？”

你这么说，有个好处，就是除了可以转移话题，还暗示了“你的立场”。

◎

“转移焦点”是谈话的一种“主动行为”，如果你会说话，简简单单几句，就能把一大群人的谈话主题，像是“牧羊人带羊群”一样，带往另一个方向。

于是你可以了解，为什么许多主席、召集人和议长的选举，总是抢破头。他们抢的不是议长这个职位或薪水，而是他在会议中转移焦点的好处啊！遇到不利于自己的话题，他可以技巧地带开；碰上有利于自己的东西，他又可以加倍使力。他甚至可以无中生有，硬是把议题带到他想要讨论的东西上面。

◎

举几个很简单的例子：

今天你很精通书法，到朋友家，一进门就看墙上挂的字，话题立刻就到了“你能表现”的东西上。

今天你爱紫砂壶，朋友给你沏茶，你又可以从一杯茶，谈到杯子，谈到茶壶，最后发表一篇你对紫砂壶的研究报告。

在聚会中，我们常见一些人高谈阔论，不但成为会场的焦点，而且表现了他的学识渊博，甚至因此得到老板和异性的青睐。

那些人真渊博吗？

可能不尽然，他们只是更会带动话题，他们把大家的话题，主动“引领”到他们最内行的东西上。

◎

做直销的人，就更需要这“转移焦点”的本事了。

你会发现那直销高手，管你今天谈的是选举、旅行、嫁女儿，甚至只是买包卫生纸，他都能左转右转，没几下，就转到他要推销的东西。

“买卫生纸啊，千万要买那种原生纸浆的，免得擦伤屁股，尤其有痔疮的人。不过痔疮这毛病主要是出在身体里有火气，你有火气，下面长痔疮，上面就长暗疮，只是你不一定感觉到。那暗疮在脸上潜伏，就造成提早老化，你最好用我这产品，一方面内服调理，一方面外搽保养……”

你说，他这番话，是不是神乎其技？由屁股一下子就能跳到脸上，到头来则是要你掏钱买他的东西。

这就叫“三句不离本行”啊！

◎

看来“转移焦点”真是好处多多，但是你也要知道，这技巧如果用得不好，效果就恰恰相反了。

假使你是个职员，今天老板问你话，你一碰上自己不爱听的，或“心里有病”的，就转移焦点，把话题带开，除非你的技巧高极了，否则必定引起老板不高兴，觉得你说话不诚恳、不干脆，或是“顾左右而言他”。

更糟糕的情况是，许多“转移焦点”的人，不懂得顺理成章、顺水推舟，用相关的东西，在不知不觉间把焦点带开。

他们愈是心里有亏，愈是急，愈可能用“抢话”的方法转移话题。

譬如老板问他：“昨天的账整理好了吗？”

他明明没理好，却不正面答，反而转移焦点，说：“噢！对了！李总今天到公司来，那时您不在。”

请问，如果你是老板，你会被他这句话就转移焦点，不再问他账的事了吗？

只怕你更得问，而且愈是发现职员如此，你愈要小心他有短，愈要详加盘查，免得出大纰漏。

◎

“转移焦点”不是处处可用。邻人问你：“好大的烟，你家烧焦了东西吗？”母亲问你：“垃圾车都走了，垃圾倒了吗？”太太问你：“怎么夜里两点才回来，野到哪里去了？”丈夫问你：“我饿死了，饭做好了吗？”

如果你明明烧焦了东西，忘了倒垃圾，出去打了“野食”，麻将搓到没烧晚饭，你能用转移焦点的方式回答吗？

你那样做，只可能产生反效果。

◎

可以偷天换日，不能颠倒是非。

转移焦点，通常用在不需要立刻得到答案的事情上，或是当你可以“用转移的目标，替代部分答案”的时候。

小鬼难缠

无论位阶的高低，或谁当家、谁做主，尊重对方，永远是说话的第一原则。

“对不起啊！你明天过生日，我却不能陪你。”老庞拍拍儿子的肩膀，笑了，“挺结实的，真没想到，一转眼，你都二十三了，还觉得你十三呢！”想想，又大笑几声，“不过十三岁怎么开车呢？”

今天老庞急着出去开会，由儿子开车送到机场，觉得挺得意。

“你过生日，要我送你什么礼物啊？”老庞又拍拍儿子肩膀。

“什么都不要。”

“什么都不要？”老庞歪着头，看看儿子，“什么都不缺？”

“缺……缺一台笔记本电脑。”儿子微笑着，车子正好驶进机场。

“那好！就送你一台笔记本电脑吧！”老庞很干脆，“多少钱？”

“四万块。”

“四万？”老庞没想到那么多，“要四万？”

“新出的嘛，既然买就买好一点的，功能好。”

“四万就四万吧！”老庞把车门打开，接过儿子递来的行李箱，“找你妈拿。”正要转身走，突然想起，“对了！你可要记得，别直着跟你妈妈说。你要说：‘妈！我过生日，爸爸要我问你能不能送我一台笔记本电脑，他说他没意见，全听您的。’这样你妈才会爽快地掏钱。”

“有这么严重吗？妈不是都听你的？”

“你照我教的去说就对了。”老庞撂下一句话，转身走了。

◎

“什么？他要送你一台电脑？多少钱哪？”庞妈妈一惊。

“是啊！”儿子说，“是我跟他说我需要，一台新型的，四万块。”

庞妈妈又好像一惊：“四万？可不少！他怎么知道我有钱？”

“所以爸爸说要我问您，您说OK才OK。”

“这还差不多，这老家伙居然学会说话了。喏！拿去！这是四万。”

小伙子一怔：“妈！您怎么都准备好了？您怎么知道……”

“你老子在机场已经打电话问过我啦！这么大的事，你以为他真敢一个人做主啊？”

老庞差点犯错，表示他说了算，要儿子直接找妈妈拿钱。

但是老庞聪明，他突然想到即使是儿子，也要懂得跟妈妈讲话的方法，即使自己是一家之主，也要考虑太太的感觉。于是他停下来，特别叮嘱儿子回去怎么说，又怕这样不够，自己再打个电话回家，向太太报备。

丈夫特别打电话回家，征求太太的意见，且不论太太是不是真的实权在握，还是做个样子，那庞太太心里能不舒坦吗？

◎

人都希望被尊重。即使是个门房，你请他进去通报一声，也得对他客客气气。

一个毫无权力的小职员，终日躲在办公室的一角，管橡皮图章。今天你要他盖章，就算“上面交办”，非盖不可，你对他说话不客气，他也可能找你麻烦，最起码，他不痛快，他可以拖。

这就是“阎王好见，小鬼难缠”“不怕官，只怕管”的道理啊！

◎

无论位阶的高低，或谁当家、谁做主，尊重对方，永远是说话的第一原则。

就算你是顶头上司，如果你能把“喂！某某，你几点几分，给我过来一下”改成“是不是麻烦你，几点几分到我办公室”，甚至更客气地说“几点几分，我在办公室等您”，你的职员听到，能不比较舒心吗？

今天你要训你的职员，你可以当着大家的面开骂，也可以客客气气地请他到你办公室，然后关上门，小声地训他。

想想，如果你是那个职员，处在前者的情况，是不是就算上司当着大家只是“小骂”，你心里也要大不痛快，上司一走，你非背后咒他几句不可？

相反，假使是后者的情况，你就算挨了大骂，是不是还会心存感激，心想：“老板真不错，他顾念我的面子，特别把我叫进来，还关上门、放小声，可见老板是爱护我的。”

训人，还能让对方心存感激，这就是“把话说到心窝里”啊！

再看他一次！

他没有说话，只是缓缓转过脸来。我顿时震惊了！摄影记者也不由自主地放下肩上的摄影机，因为我们看到的，是一个扭曲的肉块和上面小小的眼洞。

“半边身体都用布包着，好可怜！看起来像个木乃伊，恐怕得在医院躺三个月！”一个月前，你从医院探视被烫伤的同学回来，满脸同情地对我说。

但是当我今天问你“有没有去探望你那受伤的同学”时，你先一怔，然后疑惑地说：

“他刚出事的时候，我不是看过他了吗？你知道的啊！”

◎

那么让我说个故事给你听吧！

当我做电视记者时，曾去医院采访一位被火严重灼伤的人。

他已经在医院躺了半年，连续做过多次植皮手术。刚进病房的时候，我只看到他受伤较轻的半边脸，于是高兴地对他说："不错嘛！你已经差不多康复了！"

他没有说话，只是缓缓转过脸来。我顿时震惊了！摄影记者也不由自主地放下肩上的摄影机，因为我们看到的，是一个扭曲的肉块和上面小小的眼洞。

◎

那天我没有做任何访问，但他说的几句话，却烙在我的心上：

"毁容的人，常比癌症患者更可怜。后者面对的是死亡，前者面对的是生命、是人群！"他的意思是说被毁容的人，所需要的是更大的勇气来面对以后的人生和大家奇异的眼光。

他对我说：

"金钱对我并不重要，重要的是友情。帮助我、告诉我：你们在以后还会接纳像我这样一个可怕的人……"从他那小黑洞似的眼睛中，我看到了闪亮的泪水。我低声问："有没有很多朋友来看你呢？"

"……起初有，现在就很少了！一般朋友听说，总会来看看，但是只有真正的朋友，会来第二次。第一次是人情，不得不来；第二次才是友情，是真正关心。"他叹口气，"只是友情太少了！"

◎

听了这段真实故事，你该了解我为什么明明知道你去过，还要再问一次！

疾风知劲草，板荡识诚臣，患难见真交！我们愈是在困苦的时刻，愈需要朋友，也愈会记得朋友的帮助。

你知道我到今天最深深感谢的人之一，是你的四姨婆吗？因为当我高中动盲肠手术的时候，你祖母被挡在门外，四姨婆是护士，所以获准进入。那次手术原以为半个小时就能完成，却因为盲肠粘住了腹腔，足足动了两个钟头，后来不得不加打麻药。半身麻醉的我，幸亏有她从头到尾拉着我的手安慰我，甚至善意地欺骗我："看！马上就好了！"

所以今天她如果需要我，我会毫不犹豫地为她赴汤蹈火。

为什么？因为她在我最无助的时候，向我伸出援手！

◎

记得有位政界的朋友对我说："知道吗？如果你动手术切前列腺，门外的访客会排队排到电梯口。可是如果你肺癌开刀，门外也会排到电梯口，但不是访客，是花篮！"

跟着，他说："可是我就抓住人们现实的这一点，表现得不现实！我专去看那些已经失势或重病的上司。结果当他们有一天东山再起的时候，对我最刮目相看！所以朋友不在于平常多么热乎，而是在最需要的时候，是否能及时出现！"

◎

可不是吗！我有一位在电视台工作的高中同学，突然患重病，虽然跟他几年难得见面，但当我知道之后，还是在返美前的一片忙乱之中，到医院去看他两次，并从纽约打了几通电话，寄些医学资料给他。

不久之后，接到他发来的传真，说已经动完手术，一切顺利……而那竟是在他经过开颅大手术，刚刚清醒之后躺在床上亲笔写的信。

我真感动得落下泪来，一方面庆幸这位高中老友胜利归来，一方面激动于这份情谊。

真正的朋友，是你想去探望他，一次！两次！三次！当他需要你的时候，你就出现！

真正的朋友，是在死难归来之后，立刻就想到你的人。

小姜比老姜还辣

许多人不了解这一点，以为通过父母的关系去说情，会特别有用，于是明明可以直接找“小子”的事，偏要去求“老子”，到最后一点好处也讨不到。

父子是非常亲密的关系，所以中国人有所谓“父债子还”的说法。问题是时代不同了，以前“父债子还”是因为儿子继承父亲的一切，那时候平均寿命短，男人往往五十岁就死了，财产既然全移交给了儿子，当然生前欠的债也得由儿子负责。

但是今天不同了，人的寿命延长了几十年，继承财产的方式也改变了，遗产一部分去了税务局，一部分给了女儿，一部分做了公益，儿子不见得拿到多少，你还能“父债子还”吗?

中国传统“老子为大”的观念也改了。儿子有儿子的想法，只怕两代还有“代沟”，你能用老子去压儿子吗?

◎

更重要的是人性。你知道心理学上的所谓“俄狄浦斯情结”（Oidipous complex）吗？

一个男孩子小时候处处向父亲学习、向父亲看齐，渐渐地，他要跟父亲比，甚至与父亲为敌。父子二人下棋，儿子输了，可能气得翻棋盘；相反，那父亲虽然装作生气，把儿子大骂一顿，却可能心中暗喜。

为什么父子有这样不同的表现？

因为人性——

儿子从小就希望超越父亲，因为超越才能显示他独立。

而父亲从孩子小时候，就希望儿子有一天能超越自己，只有一代比一代强，他的“种”才能更优越。

◎

当你了解了这基本人性，就会知道，为什么如果公司的老板是你同学的老爸，你前去自我介绍，说“我是您公子的同学”，你很可能被另眼相待。因为那老爸会想：“这小子将来能做我儿子的助理。”

但是当你跑到一个公司，对那老板说：“我是你老爸的同学，从小看你长大的，你小时候我还抱过你。”你非但讨不到好处，还可能被排斥。

想想，那有着“俄狄浦斯情结”，从小以父亲为敌的儿子，好不容易脱离了老爸的管辖，今天你居然还用他老子来压他，甚至倚老卖老，把他看成“后生小子”，他会高兴吗？

他就算表面对你礼貌，骨子里也会讨厌你啊！

◎

当爸爸听说儿子有他的主见、不卖老子面子时，多半不会生气，反而暗自高兴——

“小子当家了！还真有魄力，敢给我老友吃闭门羹，这小子还真有我年轻时的架势，小姜不见得不比老姜辣啊！”

可悲的是，许多人不了解这一点，以为通过父母的关系去说情，会特别有用，于是明明可以直接找“小子”的事，偏要去求“老子”，到最后一点好处也讨不到。

道不同不相为谋

“道不同不相为谋”，既然你认为“道不同”，就应该早避开，既省了双方的时间，也免得结怨。

譬如纽约大都会美术馆办“中国铜器展”，你去看过了，跟朋友提到，朋友说他前天也去了，棒极了。

你算算，前天是星期一，大都会不开，于是再问一次：“前天？”

他斩钉截铁地回答：“是啊！星期一。”

你好当面拆穿，告诉他星期一例行休馆吗？

你又好意思继续追问他对哪一件展品感兴趣吗？

再举个更常见的例子。

你前一阵生病，大家都来问候，偏偏有个老朋友一点消息也没有。

今天遇到了，他一见面就抢着说：“哎呀！知道你病了，打了好几次电话给你，都没人接。”还装样子，“我都急死了。”

你心想：“得了吧！我电话在生病前才换的号码，只要拨原来的旧号码，就有录音，告诉新电话，你要是打了，至少会知道我换了电话，而且我都在家。”

请问你，你是当面拆穿，还是表面道谢，心里记住？

◎

记得我有一次到一个美国教授家。他是著名的演讲家，一场演讲最少五千美金。

单单我在他那儿几个钟头，就有三通邀请他演讲的电话。妙的是，对于第一通，他问得很详细，包括人数、场地、交通，全问了，然后告诉对方他的“价码”。

第二通电话，他先告诉对方“价码”，再问有关的问题。

但是对第三通电话，他却直截了当地说他的日程早已经排满，安排不出任何演讲。

因为是熟朋友，我就问他为什么答话有那么大的不同。

他笑笑说：“第一个邀请的团体，我不熟，所以是我挑他，看看听众、场地怎么样，觉得不错，再告诉他收费的方法。第二个团体，我知道他们的背景，所以直接告诉他要多少钱。”又神秘地笑笑，“至于第三个团体，我一听就不打算去，既然不打算去，何必多问？你问，吊他胃口，最后又拒绝他，不是对双方都不好吗？所以不如一开始就婉转地拒绝。”

◎

说了这么多，我要讲的正是如此。

“道不同不相为谋”，既然你认为“道不同”，就应该早避开，既省了双方的时间，也免得结怨。

当你发现别人撒谎时，你如果非拆穿不可，就早一点拆，甚至在他才说谎说到一半的时候，就把他的话打断，说“我不想听了”。免得他撒了一堆谎，才发现你早已知情，你是存心看他表演。

更重要的是，如果有个异性对你暗示，你对他没意思，就要早早表示，别等他愈陷愈深，把他自己的尊严都“脱下来”的时候，才拒绝他。

否则，他的丑态被你看到，他一定恨你一辈子。

看谁耐得住

慢慢熬，慢慢耗，慢慢谈，许多原本谈不成的事，都能谈成。

“耗”是门很大的学问。

不知你有没有听过这么个笑话——

有个书商招聘推销员，挨家挨户去销他们的新书。

每个来应征的都能说会道，只有一个，居然是严重的结巴。

“你行吗？”书商问。

“行……行……行……”那结巴花了五秒钟才答一个字。

“好好好！”书商笑起来，“你就试一天吧！”

一天过去，大家都回来交成绩。

居然结巴卖得比谁都多。

“为什么？”大家不信。

“因……因……因……为……我……每到……一……家……

就……就……打……开……开……书书书书……说……我……我……我……念……念……”

笑话说到这儿，你看懂了吗？

结巴成功，因为他会“耗”！当初那书商用他，不也是因为受不了他说话的速度吗？只怕他的同事也受不了他的答案，他才讲一半，大家就说听懂了。

这虽然是个笑话，但也是说明一个事实——

慢慢熬，慢慢耗，慢慢谈，许多原本谈不成的事，都能谈成。

◎

人有个毛病，就是禁不住疲劳轰炸。

譬如一个人去选家具，他看了这样看那样，逛完这家逛那家，比比这比比那，最后听累了，走累了，很可能莫名其妙地选了他最后看到的那一样。

那一样真是最好的吗？只怕不是！

但是他已经倦了，早完早好，他只想把事情办完，于是做了决定。

仔细想想，公司里许多会议、立法机构许多议案，不都是拖来拖去，拖到最后一分钟，“散会”和“休会”之前，“挑灯夜战”才通过吗？

那些决定，都是最深思熟虑的结果吗，抑或只因为大家都太累了？

◎

再让我们回到故事里的百分之七十这件事。

要知道，会推销的人，除了会先占地盘，再一点一点退的技术，还会使用“陷阱”。

举个例子，一个房地产掮客，他可能带你看几十套房子。那些房子不是太旧就是太贵。当你发现原来房子这么难找，正想打退堂鼓的时候，他突然告诉你一个好消息：“有套才推出的房子，真是千载难逢的机会，被你碰上了。”

他带你去，果然，样样都合你意，你立刻买了，心想：“唉！早知道看这一户就成了，前面何必浪费那么多时间。”

你岂知道，他带你看那几十户，就是为了要你买这一户啊！他先把你的锐气挫到最低，再让你豁然开朗。这就好比前一个礼拜医生先说你恐怕有“大毛病”，这礼拜检查报告出来，又告诉你“没问题”一样，使你在大失之后有了大得的喜悦。

◎

那掮客的技巧，处处可用——

譬如你要请女朋友看电影，你知道她想看《绿女郎》，可是你实在受不了那种爱情文艺，你想看的是《绿侠客》。你能问女孩子要看《绿女郎》还是《绿侠客》吗？

当然不会！于是你可以问她：“有好几部电影给你挑，有《黑武士》，很残酷，有砍头的镜头。”

“恶心！不要！”她喊。

“还有《黑蜘蛛》，是恐怖片，保险让你尖叫。”

“我才不要呢！”她又喊。

“对了！还有一部《绿侠客》，动作加爱情……”

“就看这部吧！”

于是你成功了，因为你设了陷阱，让她比较，然后作了“你满意”的选择。

◎

说话讲究气氛，讲求环境，而那气氛与环境则包括了最重要的“对比”。

如同你结婚请伴娘，不会请一堆比你艳丽高挑的，最起码你会找与你差不多的（甚至比你丑多了的）。这样对比之下，才不使你失色。

谈判也一样，那是一连串的“暗地较劲”，你必须把自己的阵势布好。随时暗示你的底线，随时让他比较各种条件，认识“你”，也认识“他自己”，你更可以把他有的选择摊在他面前，用对比的方式，把他带到你要的方向。

最后，我要引用一句外交界常说的话：

“如果有绝对谈不成的事，就不叫外交了。”

面对多么大的冲突，你都要学会笑笑说：“可以谈，有希望！”

然后，把事情谈成。

受气包的报复

一个会说话的人，总是心胸和视野最宽阔的人。只有心胸宽的人，他的话语才能厚道；只有视野宽的人，他的话语才能公正。只有这二者都宽的人，才能不卑不亢，用真情“把话说到心窝里”！

“赞美敌人”正是说话的重要技巧！

你今天不小心犯了错，一个个跟你有宿怨的人，都出来责怪你。

这时候你能辩吗？

你只要一辩，大家的炮火就对准了你的错。既然有错，无论大错还是小错，你就不可能推得一干二净，反而因为炮火集中，愈使人觉得你“强辩”“死不认错”，愈使你的小错变为大错。

相反，你乖乖认错，反过来赞美那些骂你的人，说：“他是长辈，我一定尊重他的教诲，好好反省、改正。”“他是先进，我以后要多向他请教。”

“伸手不打笑脸人”，他还好再骂吗？

你赞美他，他还对你穷追猛打，别人会怎么说？只会说他不厚道吧！

◎

很多情势就是这样逆转的。

你一定常碰到，甲跟你赞美乙，改天你遇到乙，他却狠狠地骂甲。

这时候你会不会说：“喂！我跟你说，甲可是才跟我说你好呢！”

当你这么讲时，乙一定一怔，他能怎么答？

这一刻，他已经输了。

结果乙骂甲的事实被忽略了，那以怨报德的不合人情的做法，反而成为焦点。

许多人就懂得这一点。譬如你明明知道某人会参你一本，你反而抢先一步，出来公开赞美某人。

某人听说，原来要骂你，不是也骂不出来了吗？就算原来要大骂，不是也得改为小骂了吗？

◎

赞美对手还有个好处，就是给自己挽回一点面子。

你一定常看见拳王争霸战拳击手在比赛前对骂的场面，好像是有不共戴天之仇，非第一回合就把对方撂倒不可的样子。他们甚至在记者会上就能大打出手。

比赛日子到了，两个人杀气腾腾地上台，一开始就出重拳，打得双方都血流满面，眼睑肿得像胡桃似的，不得不切开放血。

然后，强弱渐渐分明，终于甲拳手一记重拳，把乙拳手打倒在地，再也爬不起来。

接下来，记者访问，那战败的乙选手还讲狠话吗？如果是积分落败，还有话讲，而今被击倒在地，还有什么话说？败军之将不可言勇啊！

于是他可能一百八十度大转变，居然说："甲打得太好了，我虽然打得不差，但是他更棒，他是当今世界上最伟大的拳王，我还要再努力，再找他挑战。"

◎

想想，乙为什么不再说大话？为什么反而赞美甲是最伟大的？

再想想二〇〇一年九月六号，美国网球公开赛，桑普拉斯在阿加西老婆面前，场场"抢七"，硬是把阿加西淘汰出局之后，阿加西为什么没有叹自己球运不好，场场都只输那么一点点，反而握着桑普拉斯的手说："这比赛真令我高兴，"然后拍拍桑普拉斯，"在下一场决赛，把冠军赢过来。"

他们这样说，是在给自己“作面子”啊！

你是世界第一的拳王，我只比你差一点点，是第二。

你拿冠军，表示我只差冠军那么一点点。

相反，如果我骂你是最烂的，或诅咒你下一场输掉，不是相对而言，我输给你，就比最烂还烂了吗？你再输一场，不就表示我是别人“手下败将”的“手下败将”了吗？

◎

赞美你的敌人，是一种很高的说话艺术，最起码，你说得出口，就表示了修养。

赞美别人，也包括“不否定与你不同的人”。

举个例子，你今天去看画展，心里想：“那根本是乱抹，烂透了！”但是你不能直说，直说只能显示你的自大和自以为是。

于是你可以说：“我不懂他的画，但是我相信他这么表现，一定有他的道理。”

◎

更高境界的赞美，是对那些输给你的人表示尊敬——比赛完毕，你是胜方，你先伸出手去。

殊死之战，你把顽敌击溃了，你厚待他的战俘，安葬他的士兵，甚至带领同袍，向死者行礼，表示你尊重他这个“誓死不屈的敌人”。

你显示了泱泱的风范，也用敌人誓死不屈的“军魂”鼓励你的战士，这不更显示了你的伟大吗？

有容乃大！

一个会说话的人，总是心胸和视野最宽阔的人。只有心胸宽的人，他的话语才能厚道；只有视野宽的人，他的话语才能公正。只有这二者都宽的人，才能不卑不亢，用真情“把话说到心窝里”！

尊重别人就是尊重自己

“自尊”与“尊重别人”其实是一件事，因为你不能对别人表现尊重的时候，会被人看不起，也会伤到自尊。

最近有件很令我感动的事，有一天在台北我跟一位同学去停车场开车。刚进停车场，就看见一个年轻漂亮的小姐，拿着卫生纸正给她的狗擦屁股。因为画面太有意思，我就偷偷看，只见那小姐擦完，打开车门，先把刚才用完的卫生纸放进车里，再把狗抱上车。我的同学说：“好恶心！”

但是我说：“好感动。”她把卫生纸放进车里，而不是扔在地上，令我感动。

这件事让我想起三十年前，在纽约中央车站，看见的一个相似的画面。一位穿着华丽的贵妇，趴在大厅中央的地上，当着旁边上千经过的人，用卫生纸擦她刚刚打翻的咖啡。纸不够，又到旁边的洗手间拿，回来继续擦。我对同行的朋友说：“真丢人！”朋友却笑笑说：“真令人尊重。”

尊重和自尊的关系很微妙：我儿子念中学的时候叛逆，我说什么，他都不听；同样，因为我常看不惯他，所以他说什么，我也不听。但是他说过两件事，我不但服气，而且难忘。事情是这样的：有一天，我们看篮球转播。刘轩问我：“你有没有发现投进球的人总是第一个反防？”我说：“投进球的人，刚冲锋陷阵，一定最累，而且可能最接近对方的底线，为什么还最先反防？”刘轩理直气壮地说：“就因为他立了功啊！人有自尊的时候会更拼命！”我当时没答话，但是后来观察，他说得一点没错，投进球的球员确实常常反防得更快。

还有一天，在街上走，看见墙上被人涂得乱七八糟。我骂：“真差劲！没公德！”刘轩竟不以为然地说：“你注意的话，就会发现他们乱涂乱画当中，也有一种公德。”我怔了一下，叫起来：“有什么公德？”刘轩说：“当然！你看，哪个涂鸦画得特别讲究、特别漂亮，别人就不会在上面再乱画，所以那些特别好的涂鸦能一直留在墙上，让大家欣赏。”

我当时也没吭气。可是后来发现他说得没错，在一大片墙壁当中，你可能看见四周被涂了又涂，中间却留下一幅最棒的，没人碰。每个涂鸦都躲着那张最棒的，使那张画好像成了众星拱月，特别突出。我儿子说得对——“为什么大家‘让着他’？

因为他画得好，下的功夫深，所以获得大家的尊重。”

“自尊”与“尊重别人”，是我们常挂在嘴上说的词，但是表现出来，却可能大不同，记得有一天朋友聚会，有人说笑话——老公下班回家，一进门就问他老婆：“今天哪个男人来过了？”太太吓一跳：“你怎么知道有男人来过？确实有人来，是修水管的工人。”那丈夫一笑说：“我当然知道。我一眼就看出来了，因为抽水马桶的坐垫是翻上去的。”

讲完，大家都笑了。可是有位太太很不以为然地说：“算了吧！这丈夫以为他聪明，其实不见得，因为只有没教养、不尊重女性的男人，才会在掀起马桶坐垫小便之后，不再放下来。”然后她看看四周的男士，指着每个人问：“你们说，你们是不是不尊重女人？你们小便时，以为把坐垫掀上去就是有礼貌了，却从来不知道再把坐垫放下来！”

谈到厕所，也让我想起飞机上的洗手间，几乎每个盥洗盆前面都会有个小牌子写着：“为了方便下一位乘客使用，请在洗手后将盥洗盆擦拭干净。”

每次我在洗完手之后，先放水，擦干手，还得用纸细细擦拭盆子。如果擦手的是不吸水的人造纤维毛巾，有时候擦了十几圈，都擦不干。我不敢不擦，因为当我推开门，很可能有位旅客接着走进来，如果看到我好像没擦，不是会怨我不懂礼貌吗？

“自尊”与“尊重别人”其实是一件事，因为你不能对别人表现尊重的时候，会被人看不起，也会伤到自尊。譬如推门，不顾后面有人，把门一放，差点打到那人的鼻子，是不尊重别人。你吃自助餐，餐台上的龙虾只剩三块了，你暗自高兴地想：“幸亏现在轮到我，要不然，就吃不到了。”

于是你一口气把三块全夹进盘子，却不顾后面还有一长排等着的人。当你大摇大摆，端着三块龙虾离开的时候，是不是也显示了你的自私？同样的道理，中国人吃饭有规矩，不但大人没吃之前，晚辈不能先吃，而且晚辈只能夹最靠近自己的菜。不是说远处盘子的食物不能吃，而是一盘菜，当自己最爱吃的那块东西在盘子的另一边，不能去夹，只能夹靠近自己那一侧的，也可以说，你可以夹，但不能挑。各位有没有想过为什么？因为当你挑，把好的挑去，表示把不好的留给别人，甚至是留给长辈，非但显示自私，而且是对同桌人的不尊重。

“自尊”与“尊重别人”，更表现在“守时”这件事上。

台湾著名导演李行讲过一个故事，令我印象深刻。

有个著名的男演员，要大牌，常不守时。有一天拍戏，大伙全到了，独独不见那个男演员。导演说：“等他！”二十分钟，三十分钟，一个钟头，导演、演员、摄影、灯光、场记、场务，大家全乖乖地等。终于，那男演员到了。导演没骂他，但是也没开工，而是站起来，对所有的人说：“好了！收工！”于是灯光灭了，大家全走了，留下那一个演员，呆呆地站在黑黑的场子中间。

从此，那男演员再也不敢迟到。为什么？因为由他不尊重别人这件事上，伤害到了他的自尊。

我还记得一个画面，那是在一个丧礼当中，有人进门就大声地四处打招呼，发现大家反应都很冷，愣了一下，感觉四周的静穆气氛，突然整张脸都变得通红。相信大家在图书馆之类的安静场合，也见过这种画面。当大家都安静，只有你一个人喧哗的时候，丢脸的一定是你。只是各位想想，你会不会在深夜旅馆的走廊或安静的街头，也曾经大声喧哗。你没觉得丢脸，也没觉得不安，因为除非那些被吵醒的人抗议，你不会知道自己破坏了别人的安宁。所以尊重别人，常常不是公德，而是私德。从心灵深处在乎别人的私德，常常比公德更重要。

最真实的友爱

有人认为那两只手表示握手，我则认为它们朝同一个方向，表示二人合作，朝着同一个方向使力。那不正是朋友吗？

有两对夫妻结伴去野外露营，到了目的地，却为点小事不高兴。其中一对第二天天刚亮，也没知会朋友一声，就开车回家了。半路因为下雨积水，轮子陷在泥坑里出不来，太太在车里猛踩油门，丈夫下车拼命推，还是没办法。突然间，车子动了，开出泥坑，原来在丈夫的一双手旁边，又多出两双手，是他朋友夫妻的手。接着，两家人掉转车头，又高高兴兴地去露营了。

这是我在女儿很小的时候讲给她听的，为的是教她中文字，是一只右手旁边多出一只右手。这还是由“象形”组成的“会意字”，大家可能一时猜不出来，是隶书和楷书的“友”。

有人认为那两只手表示握手，我则认为它们朝同一个方向，表示二人合作，朝着同一个方向使力。那不正是朋友吗？朋友是要彼此帮助的，我很小的时候就感觉朋友真有用。那时候我和一个同学，每天坐公共汽车上下学，当时台北的车况、路况都不好，我们常没有座位。同学的个儿小，连拉车上的拉环都吃力。于是我试验一种方法，就是一个人直着站，一个人横着站，再紧紧抓着彼此的手，当车子左右摇的时候，横着站的人可以稳住；当车子前后动的时候，直着站的人有力量。只因两个人这样，居然能一路扶持，不抓任何东西都不摔倒。

朋友也曾救过我的命。我十五六岁时报名参加登山队，去台北近郊的“娃娃谷”。那里有个瀑布，大家一起顺旁边小路爬到瀑布上方。可是沿着原路下来的时候，我看见瀑布旁边大树上有一根很粗的铁丝，正好垂到下面路边的岩石上。想抄近路（当然也有“秀”的意思！）就拉着铁丝往下垂降。没想到紧张，手出汗，铁丝又细，手抓不住，一直往下溜，眼看要坠落下面的山涧，幸亏铁丝最尖端有个被弯起来的地方，才止住。问题是，虽然不远就是山崖边上的岩石，我一只脚可以够得着，但我不敢够，怕一动，手就可能滑开，重心不稳，非掉下去不可。就在这生死一线的时刻，有位不认识的登山队员默不作声，一只脚横着伸出，踩在旁边的岩壁上，让我用脚钩住他的腿，跳到那块突出的大石头上。惊魂甫定，我居然忘了谢谢他，也不知道他的名字。但是到今天，我总想起他，没有他，今天这个世界上八成不会有我。而且由这件事我知道，每个陌生人都可能是贵人。在人生的旅途，父母不会总在身边，真正帮助我们的，很可能是紧要关头在身边的朋友。我甚至觉得，“君臣、父子、夫妇、兄弟、朋友”五伦当中，朋友更特殊、更珍贵。舍开封建的“君臣”不谈，父子、兄弟都是血亲；夫妇是另一半，命运的共同体，更没话说。只有朋友没亲属关系，如果排除“利”的关系，还能彼此关怀、彼此帮助，不是更崇高吗？

凭什么在这茫茫人海，原先八竿子打不着，既没爱情又没利益纠葛的这个人，能如此亲近？这是多么珍贵的缘啊！

孔子说得好：“君子喻于义，小人喻于利。”朋友之间可能起初有利害关系，但是既然深交，就该超乎“利”。甚至一个十足的小人，可以因为跟你是好朋友，而对你表现出义与善，是君子！而且愈是不被欢迎的人，当你对他好，你愈可能成为他唯一的好朋友。

我有个朋友，结过几次婚，有一次我参加他的婚礼，他的姐姐居然过来问我，为什么到今天还做他的朋友？当时我反问她：“为什么我不做他的朋友？他可能对别人不好，对他前任太太和女朋友不好，甚至对亲兄弟姐妹都不怎么样，但是他对我好，从来没对我不好过。”

可能我这么认为是不对的，因为他也有亏欠我的地方。只是，我说他两句，就算了。朋友嘛，我欣赏他的优点，也接受他的缺点。正因如此，孔子会说“益者三友”，是友直、友谅、友多闻。那个“谅”，是体谅与宽容。一个人不体谅、不宽容，甚至不牺牲，怎么可能交到好朋友？好朋友常有相互的亏欠，有亏欠，还能不分手，更显示友谊经得起考验。至于“友直”，也很重要，一个人可以对外人圆滑，但是对朋友一定要直，见到朋友的缺点，一定得说。而忠言逆耳，说的不一定好听，被说的人就得“谅”解，知道朋友苦口婆心，为自己好。很多事情，父母见不到，夫妻见不到，反而朋友比较客观，能看得出来，“友直”因此更加重要。

至于“友多闻”也是益友的条件之一。所谓“独学而无友，则孤陋而寡闻”。朋友多等于自己的接触面广，西方有一句话“Six degrees ofseparation”，意思是这世界上天南地北的两个人，只要通过六个朋友，一个介绍一个，就能找到彼此。你说，朋友多，不是能使我们掌握全世界吗？

这里，我也要告诫各位年轻朋友说：交朋友还是要选择的，不是说要“无友不如己者”，每个朋友都得比自己强才交，而是如我前面说的，当一个人对别人都不够朋友，只对你好的时候，你固然可以和他交往，却要想想，他对你的好，会不会是他对别人不好才有的。他去骗别人钱给你花，他好像对你够朋友，却可能陷你于不义。碰到这种情况，你要“友直”，直直地劝他。屡劝不听，你则要想想孔子说的“君子和而不同”以及“择其善者而从之，其不善者而改之”。他不好，你一方面要自己检讨，别跟他犯同样的错，一方面要设法改变他，使他改过向善。如果还不成，就“道不同不相为谋”了。

什么是“道不同”？举个例子，今天你的志向是往东，他偏偏往西。

今天你应该努力、用功，追求更高的理想，他却每天影响你，说：“何必那么辛苦？你瞧，跟我一样多好！”当你发觉无法改变他，他却可能影响你的脚步、使你沉沦的时候，是道不同，也是你该做抉择的时候。我不是教你对不起朋友，而是教你坚持自己的理想，暂时离开他，两个人各自发展。换个角度想，有一天你成功，不是更能帮助他吗？

刘墉给孩子的成长寄语

学写作的人应该先学“什么东西不写”，学说话的人应该先学“什么时候不讲”。

当响尾蛇摇它尾巴的时候，你要小心的是它的头。

千万别在应该听别人说话或专心做事的时候，在旁边啰啰唆唆。要知道，当你啰唆的时候，很可能影响别人的判断，失去听别人意见的机会，或造成对方的错误，结果损失的是自己。

因为这世上最不会露马脚的话就是实话，当你撒一个谎之后，很可能得再用一堆谎来圆那个谎，与其如此浪费精力，而且总是心里有愧，何不从一开始就实话实说呢？

会说话的人，都要懂得创造这种高潮。他先在前面慢慢营造气氛，把听众一点点带进去，再在大家情绪的高潮，把最精彩的呈现。

好比爬山，当你攀在悬崖上的时候，一失手就可能粉身碎骨。那危险是“近忧”，你不能想别的事，只能全神贯注，应付眼前的困难。

兄弟当然要有情，兄弟当然要平等，兄弟也当然要礼尚往来，而且——“亲兄弟，明算账！”

当你发现自己先前的看法错了，还坚持不改变，就是自以为是的固执。

无论你用网络电话、自动接听的电话，还是免持听筒的电话，都要小心。每一通电话进来，你都应该先跟对方说：“对不起！我是用免持听筒。”或是：“对不起！我的电话有扩音。”

当你要包围敌军的时候，为了避免把他逼到绝路上，狗急跳墙，跟你拼命，造成你太大的损失，最好给他留一个小缺口，让他从那里逃跑。

就算一件事，你已经讲了几百遍，当面对你的人是第一次听的时候，你绝对要把情绪放进去，好像你也是第一次说。

你可以有先见之明，让人佩服，但是千万别在人家没听你劝告而出问题的时候，得意地说："瞧！谁让你不听我的话，你看吧，出问题了吧？"

中国人常说"积阴德"。能够用同样的心，想想别人的处境，忍耐自己的不便与不悦，非但不苛责，还主动减轻对方心情的负担，就是积阴德。

这是个不等人的时代，机会稍纵即逝。你必须随时准备好行囊，只要听见机会敲你的门，立刻提起行囊，跟他走！

最好的答案，应该是为实现理想，是发挥自己的能力，发光发热，是在人生的旅途留下脚印，是在每一天都有收获，是在每一刻都寻找快乐。

我们最强的对手，不一定是别人，而可能是我们自己。在超越别人之前，先得超越自己。

崎岖而黑暗的道路，将使你真正成熟！

会用时间的人，懂得安排时间，按照事情的缓急来支取，到头来，不但完成了他要做的，而且能够留下多余的时间。至于不会用的人，则东摸摸、西磨磨，时间一分一秒地过去，浪费的比利用的多，犹豫的比决断的多，时间永远不够用，事情永远做不成。

争取时间的时候极力争取，是为了让自己该停下来的时候，能够好好喘口气！

既要有迎向光明、成功的胸怀，也要有面对厄运、挫折的能耐。

只知刚的人，难免被折断；只有柔的人，到头来终是懦夫。只有那刚柔并济，认清方向，且在荆棘的人生道路上，以最恰当模式应对的，才可能是最后的成功者！

当你被奉承的时候，千万注意你为什么被奉承，而且应该知道，如果失去了那被奉承的东西，你也可能失去已获得的一切。

每个人都可能遇到贵人，这些贵人不一定真的尊贵，他可能是陌生人，也可能是一面之缘的过客，甚至是你的敌人！

不要轻视任何人，也不要轻视自己，因为那平凡人可能是你的贵人，你也可能成为别人的贵人！

一个完美的人生，不见得要有最多的掌声，也不见得要赚最多的钱，或有最了不得的成就。最重要的，是你的心灵世界必须丰富！

这世界上真正能成功的人，不见得是最聪明的，也不见得是学历最高的，而是最能面对问题、锲而不舍的人。

什么叫作天才？天才实际上决定于个性。谁坚持得久，谁就是天才；谁自己要强，谁就是天才！

人生而平等，这平等先要从尊重开始。尊重别人就是尊重自己。

你要知道自己去想，永远不要羡慕别人，看别人怎么做，就一下子放弃自己原有的点子。

弹琴的人比钢琴重要，自己的努力比继承的家产重要。

人的体力有限，但是脑力无限，只要你用脑筋、用工具，静下心，一步一步做下去，许多困难的事都能解决。

我们无论环境如何，总要努力上进，就算因为条件不好，不能像别人一样有了不得的成绩，也要“开自己的花、结自己的果”。

人生丰富，是由于感动；人们求知，是因为好奇。当有一天，我们不再感动，不再好奇，不再惊喜，只怕也就失去了人生的意义。

只有知道说 No 的人，才有资格说 Yes ；只有知道不等的人，才有等的资格。

书不能由别人帮你读，朋友不能由旁人为你交。

要想特立独行容易，欲求包容化育困难；

要想清新脱俗容易，欲求敦厚含蓄困难。

有些东西我们拥有得过多，反而感觉不到它的美好，何不将它分给那些需要的人呢？

如果没有死的悲哀，便没有生的喜悦。

对于风雨，逃避它，你只会被卷入洪流；迎向它，你却可能获得新生！

在一个人最困难时帮助他，不必让他选择，不必让他了解，他却可能最满意，而且久久难忘。

枕上美梦总会落空，五色神笔终必交还，不凭真本领获得的成功，是不可能长久的。

想要拥有光明，就不能抱怨阴影；想要拥有快乐，就不能抱怨忧愁；想要获得成功，就不能害怕失败；想要摒弃眼前的黑影，就当迎向光明。

在我们的人生当中，做许多事不都如此吗？为山九仞，常功亏一篑。经过了长久的努力，成与不成常取决于最后的一刻啊！

我们因事而认识人，因人而成就事。

没有生命的东西，外形再美，也是死的；有生命的物体，表面虽丑，却是活的。

抓住时间，以改善自己、改善环境、改善世界，就是生命的意义。

上帝赐予我们的一切，就世俗的观点，虽然有美丑之分，但就我们自己来说，无论好坏，那都是我们所独具的。

唯有当我们知道生命的价值与意义之后，才能真正获得生的愉悦。

人们追求完美，即使为那看来微不足道的差异，也可能付出极特殊的代价。

你要珍爱的是生命，不是价值；对待它，要以爱，不能以贪婪。

得别人夸赞一两句，就自以为已经不错而停止奋斗的人，无法达到最高的境界。

人若失去了理想，就不可能活得快乐。

飞来的好运固然可喜，但接下去的努力更为重要。

发现一个人的惰性不难，只要注意几件小事，便能晓得。除去一个人的惰性最难，必须改正每一细节，才能成功。

最伟大的成就，常属于那些在大家都认为不可能的情况下，却能坚持到底的人。